茶花女

[法]小仲马 著 李玉民 译

目录

001　小仲马式的忏悔

001　第一章
006　第二章
011　第三章
016　第四章
023　第五章
029　第六章
035　第七章
044　第八章
051　第九章
059　第十章
068　第十一章
076　第十二章
082　第十三章
090　第十四章
098　第十五章
104　第十六章
111　第十七章
116　第十八章
122　第十九章
128　第二十章

133　第二十一章
139　第二十二章
146　第二十三章
153　第二十四章
163　第二十五章
169　第二十六章
181　第二十七章

小仲马式的忏悔
——多余的《茶花女》

书应需而至,是我的一大快事。这次应约翻译《茶花女》,法国友人斯坦麦茨教授得知,就赠给我一种好版本。所谓好版本,就是有名家安德烈·莫洛亚作序,正文后又有注释,还附录了有关作者和人物原型的资料。无独有偶,译完小说要写"译者序"时,我又在书橱里发现一本应需之书,波罗·德尔贝什著的《茶花女与小仲马之谜》(沈大力与董纯合译)。这一发现改变了我写序的方向。

最初想写的序题为《多余的茶花女》,是因为看了一篇批评外国文学名著的重译现象的文章。不料文章刚看过,就有出版社约译《茶花女》,全然不顾已有多种译本的存在。像燕山这样一家不大的出版社,本来就有自家的译本,为什么还情愿再出一份稿酬,约人重译呢?这倒值得有使命感的出版家深思。

对我而言,约稿却之不当,受之又有"多余"之嫌,因此就要趁写序之机,找几条辩白的理由。现在想来未免多余了,还是按照经济规律办事,让市场去淘汰多余的吧。多种译本并存不算最坏的局面,可以比较优劣,不断提高译文质量,至少还可以满足读者的不同口味。设使某家出版社买了一部外国名著的版权,推出的却是一种拙劣的版本,那情况就更尴尬了:谁想重译都不成,最终倒霉的是读者和作者。

小仲马就不会碰到这种尴尬事了,他的作品已列入人类共有的文化遗产,谁翻译都不受限制。如果小仲马在天或地下之灵有知,他看到自己的作品在中国被争相翻译,一定会窃笑和得意非凡:广泛流传是一些作家成功的不可替代的标志。我说小仲马窃笑和得意,是因为他在本国还从未受如此礼遇,赢得一致的赞赏。

说来也怪，在世界上，《茶花女》是流传最广的名著之一，而在法国还称不上经典杰作，也就是说进不了学校的课堂。在课堂之外，《茶花女》在舞台上成为久演不衰的保留剧目，还由威尔第作曲改编成歌剧，可以入选世界歌剧十佳；至于搬上银幕的版本就更多了，世界著名影星嘉宝等都演绎过茶花女。可见，从名气上讲，《茶花女》不亚于任何经典名著。

就是在法国文学界，也无人不承认，《茶花女》是一举成功的幸运之作。一八四八年，小说《茶花女》一发表，就成为热点的畅销书。改编成戏剧四年后得以公演，又一炮打响。小仲马春风得意，成为文坛的宠儿。此后小仲马又创作并发表了许多小说和戏剧，有些还轰动一时，总之，到了一八七〇年大仲马去世的时候，小仲马的荣耀已经完全遮蔽了父亲的名声。他拥有广大的读者和观众，在许多人眼里是他那时代最伟大的作家。一八七五年，小仲马进入法兰西学院，可谓功德圆满，成为四十位"不朽者"之一。

对于这样一位成功的作家，称颂者自然大有人在，其中不乏乔治·桑、托尔斯泰、莫泊桑等名家，但时至今日，批评之声仍不绝于耳。最新的批评之作，就是摆在我面前的这本《茶花女与小仲马之谜》，写于一九八一年，作者以尊重史实的态度，披露《茶花女》神话的底细。书中第五页这样一段话特别引起我的注意：

"她将在祭坛上为资产者的体面而献身。"小仲马为自己虚构的"纯真爱情"辩白，对父亲说："我希望一举两得，即同时拯救爱情与伦理。既然也赎了罪，洗涤自身的污秽，任何权威都不可能指责我选择了一个婊子当小说的女主人公。有朝一日，倘若我申请进法兰西文学院，他们也无法说我颂扬过淫荡。"

这段话又让我想起我本不愿理睬的、一种对《茶花女》的最轻蔑的评价，即说这是一部"玫瑰露"小说。写一个名妓的故事则是不争的事实，而这名妓又确有其人，名叫玛丽·杜普莱西，一个沦落风尘的绝色女子。且不说纨绔子弟、风流雅士趋之若鹜，大仲马也与之有染；单讲小仲马，一八四四年二十岁上，就得到比他大半岁的玛丽的青睐，很快成为她的"心上情人"。可是一年之后，两个人就因争吵而分手，小仲马给玛丽写了《绝交书》。

小仲马想跻身文坛,试笔不成,早就打名妓玛丽的主意,开始搜集写作的素材。就在玛丽患肺病咯血期间,他就把她献上祭坛,写成了小说《茶花女》,又改编成剧本,成功首演,被称为十九世纪法国最重大的戏剧盛事。

然而,小仲马的创作命运已定,此后不管他又写出多少作品,也只是绿叶,陪衬他桂冠上的那朵大茶花。《茶花女》是他唯一的,始终是他成功的基点和顶点,也一直是对他评价或毁或誉的起点和终点。

此后小仲马的全部文学创作活动,都旨在逃出《茶花女》这个魔圈,逃出这块骷髅地,另建他的文学王国;他要走下原罪的十字架,坐上真正的文学宝座。

于是,他开创了"命题戏剧",主张"戏剧必须服务于社会的重大改革,服务于心灵的巨大希望"。他按照这种主张创作的一些剧本,连题目都已命定:《半上流社会》(1855)、《金钱问题》(1857)、《私生子》(1858)、《放荡的父亲》(1859)、《妇女之友》(1864)……

于是,无论法国进入第二帝国时期,还是变成资产者显贵们的共和国,小仲马始终以伦理的权威自居,高举社会道德这杆大旗。

于是,他不失时机地忏悔青春时期的"原罪":"读者朋友,我怀着对艺术的热爱和尊重,写了所有这些剧本,唯独第一种例外,那是我花一周时间炮制出来的,单凭着青年的胆大妄为和运气,主要是图钱,而不是有了神圣的灵感。"

他所说的"例外",当然是指《茶花女》,令人深思的是,围绕着给他带来最大名利的这部作品,他总是否定别人肯定的东西。

想当初,小仲马写《茶花女》时,抛却功利的动机不说,他毕竟是写自身的一段感情经历,尤其这是同一个红极一时的名妓不可能长久的恋情,极具新闻看点,即使原本原样写出来,也可以成为畅销读物了,更何况是美化(艺术加工)了呢?

小仲马自然不会简单地叙述同妓女的爱情故事,否则他就真的创作出一部"玫瑰露"小说了。他深感"同时拯救爱情和伦理"的必要,以免落个颂扬淫荡的恶名。因此,他一方面把这段放荡行为美化成"纯真爱情",另一方面又准备为了伦理而牺牲掉爱情。

应当指出,小仲马的高明处,就是通过忏悔的口吻来完成这种美化的。他采用忏悔的手法,在一定程度上,固然是模仿普雷沃神甫的《玛侬·列斯戈》，也是受缪塞的《世纪儿的忏悔》的启发。但是，一般意义的忏悔，总是痛悔自己的所作所为，而小仲马痛悔的是他在现实中莫须有的、仅仅在作品中才有的思想和行为，这是最大的区别，也是他成功的创新。

在小仲马的笔下，一次放荡行为转化为"纯真爱情"，阿尔芒一片真心追求茶花女，却总误解玛格丽特的真情。故事自始至终，两人都在表述这种心迹。更令人叫绝的是，阿尔芒和茶花女要争取社会和家庭的认同，把他们不为伦理所容的关系纳入伦理的规范，获得合法的名分，为此不惜一切代价，只可惜碰到不可逾越的障碍，从而酿成悲剧。

F. 萨尔塞一八八四年谈到《茶花女》时，有这样一段话："这个年轻人根本不在乎规则，也不理睬他所不了解的传统习惯。他将这个热辣辣、活生生的故事搬上舞台，再现日常生活的各种细节……他却没有意识到引入生活细节的同时，就更新了戏剧的力量，进行了一场变革……这是舞台上所见到的最真实、最感人的作品之一。"

正是这种"热辣辣、活生生的故事"，给了作品以感人的力量和长久的生命力。但小仲马认为这是要赎的"罪"，要洗涤的"污秽"。他认定《茶花女》的成功是他忏悔的成功。的确，伪装成纯真爱情的放荡，再加上忏悔的调解就既能满足那些有产者的欲望，又符合当时社会的道德观念了。

然而，小仲马混淆了，或者根本没有分辨清艺术的成功和社会的成功。他错误地以为社会的成功就是艺术的成功。《茶花女》之后四十年的文学创作，小仲马在社会成功的路上步步攀登，不断地忏悔他的原罪《茶花女》。

四十年社会成功的掌声和喝彩一旦静下来，他的众多作品摆到《茶花女》的旁边一比，就显得多么苍白。

白白忏悔了四十年。

小仲马仿佛要夺回那四十年，就在一八九五年亡妻之后，他又娶了比他年少四十岁的亨利埃特·雷尼埃。

新婚半年之后，他便去世了。

应小仲马临终的要求，家人没有把他葬到他家在故乡维莱科特雷的墓地，而是葬在巴黎蒙马特尔公墓，离茶花女玛丽·杜普莱西的香冢仅有百米。

这也许是小仲马的最后忏悔。

第一章

依我看,只有认真学习了一种语言,才可能讲这种语言,同样,只有多多研究了人,才可能创造出人物。

我还没有到能够编造故事情节的年龄,也就只好如实讲述了。

因此,我诚请读者相信本书故事的真实性,书中的所有人物,除了女主人公之外,都还在世。

此外,我所收集的有关事实,大多在巴黎都有见证人,他们可以出面证实,假如我的见证还不足以服人的话。再者,多亏了一种特殊的机缘,唯独我能够把这个故事记述下来,因为我是故事最后阶段的唯一知情人,而不了解最后阶段的详情细节,也就不可能写出一个完整的感人故事了。

这些详情细节,我是这样获知的。

那是一八四七年三月十二日,我在拉菲特街看到一大幅黄颜色的广告,是拍卖家具和珍奇古玩的消息,在物主去世之后举办的拍卖会。广告没有提及那位逝者的姓名,仅仅说明拍卖会将于十六日中午到下午五时,在昂坦街九号举行。

广告还注明,在十三日和十四日两天,感兴趣者可以去参观那套住房和家具。

我一向喜爱古玩,这次机会我绝不错过,即使不买什么,至少也要去开开眼。

次日,我就前往昂坦街九号。

时间还早,不过那套房间已经进人参观了,甚至还有几位女士:她们虽然身穿丝绒衣裙,披着开司米披肩,乘坐的豪华大轿车就在门外等候,可是展现在眼前的豪华陈设,她们看着也不免惊诧,甚至感叹不已。

后来我才领会,她们为何那样感叹和惊诧了,因为,我一仔细观瞧,就不难发现自己进入了一名高级妓女的闺房。那些贵妇,如果说渴望亲眼看看什么的话,渴望看的也正是这类交际花的宅内闺房,而进入参观的恰恰有上流社会的女士。须知此类交际花,每天乘坐马车兜风,将泥水溅到贵妇的马车上,她们还到歌剧院和意大利人剧院①,就坐在贵妇隔壁的包厢里,总之,她们肆无忌惮地在巴黎炫耀妖艳的美貌、炫目的珠宝首饰,以及风骚淫荡的生活。

女主人既已逝去,我得以置身于这套房中,就连最贞洁的女子也可以长驱直入了。死亡净化了这富丽堂皇之所的污浊空气。况且,真需要解释的话,这些最贞洁的女子也情有可原,说她们是来参加拍卖会,并不知道是谁的住宅,说她们看了广告,就想来瞧瞧广告所列的物品,以便事先选定,这种事再普通不过了。当然,她们在所有这些奇珍异宝之间,也无妨探寻这名交际花的生活痕迹。而此前,她们无疑听人讲过她那无比奇妙的身世。

只可惜,隐私也随女神一同逝去,那些贵妇无论怎样搜索,也仅仅看到逝者身后要拍卖的物品,丝毫也没有发现女房客生前出卖了什么。

不少东西自然值得一买。室内家具和陈设十分精美,有布尔②制作的巴西香木家具、塞夫尔③的和中国的瓷瓶、萨克森④的小雕像,还有各种绸缎、丝绒和花边的衣物,可以说应有尽有。

我跟随先到的那些好奇的贵妇,在这套住宅里转悠。她们走进一间挂着帷幔的屋子,我刚要跟进去,却见她们笑着退出来,就好像为满足这种新的好奇心而感到羞愧,这反倒更加激发了我进屋瞧瞧的欲望。这是一间梳妆室,还原样摆满极为精美的化妆用品,充分显示这女子生前何等穷奢极欲。

靠墙一张三尺宽、六尺长的大桌子上,欧科克和奥迪奥⑤的珠宝制品闪闪发亮。真是一整套精美的收藏品,数以千计,都是这套居所的女主人

---

① 意大利人剧院:原址是舒瓦泽尔-斯坦维尔旅馆,用以接纳意大利演员,故名,后经整修,改名为喜歌剧院。
② 安德烈·查尔斯·布尔(1642—1732):法国乌木雕刻家,创造出镶嵌铜饰和鳞饰的新型高级家具。
③ 塞夫尔:法国小镇名,位于巴黎西南,以生产瓷器著称。
④ 萨克森:德国东部地区,以生产瓷器、皮革著称。
⑤ 欧科克和奥迪奥:当时最负盛誉的金银首饰匠。奥迪奥是帝国风格的大首饰匠,制作了法兰西银行的茶炊和拿破仑儿子的摇篮。

不可或缺的，无一不是金银制品。然而，这么多收藏，只能是逐渐聚敛，绝非是一场艳情之功。

　　我看一名妓女的梳妆室，并不感到愤慨，而是饶有兴味地观赏，不管什么都看个仔细，发现所有这些精雕细琢的物品上，均有各自不同的徽记和姓氏的缩写字母。

　　所有这些东西，每一件都向我显示这个可怜姑娘的一次卖身，我边看边想道：上帝对她还相当仁慈，没有让她遭受通常的惩罚，而让她在年轻貌美和奢华生活中香消玉殒，须知年老色衰，是交际花的第一次死亡。

　　事实上，还有什么比放荡生活的晚景，尤其一个放荡女人的晚景，更为惨不忍睹的呢？这种晚景，尊严丧失殆尽，也丝毫引不起别人的关切。她们遗恨终生，但并不是痛悔走错了人生之路，而是悔不该毫无算计、挥霍了手中的金钱，这是让人最不忍卒听的事情。我就认识一个昔日的妓女：过去的风流不再，只留下一个女儿，据她同时代的人说，女儿差不多跟母亲年轻时同样漂亮。母亲将这可怜的孩子养大，如果不是为了命令她养老，就绝不会对她说："你是我的女儿。"这个可怜的姑娘名叫路易丝，她顺从母意委身于人，并不出于自己的意愿，也毫无激情、毫无乐趣可言，就好像大人要她学会一种职业，她便干了那一行似的。

　　这个姑娘自小就目睹放荡的生活，始终处于病态的境况中，又过早地堕入这种生活，她身上的善恶意识也就泯灭了，而且，谁也没有想到要发展上帝也许给了她的善恶辨别力。

　　这个姑娘几乎每天在同一时刻，都到大街上游荡，那情景我终生难忘。当然也总由她母亲陪伴，那么勤谨，恰似一个亲生母亲陪伴自己的亲生女儿。当时我还很年轻，也准备接受我那时代轻薄的道德观念。然而我还记得，目睹在监护下的这种卖娼行为，我也不免心生鄙夷和憎恶。

　　此外，那种清白无辜的情态、那种忧郁痛苦的表情，在处女的脸上也是绝无仅有的。

　　简直就是一副"听天由命"的形象。

　　有一天，这姑娘的脸豁然开朗。这个有了罪孽的姑娘，在母亲一手操办的堕落中，似乎也得到上帝赐予的一点幸福。归根结底，上帝把她造就成一个软弱无力的人，为什么就不能给她点儿安慰，好让她能承受住痛苦生活的重负呢？且说有一天，她发觉自己有了身孕，不禁喜悦得发抖，毕竟她心中还存留一点儿贞洁的思想。心灵自有其奇特的隐蔽所。路易丝高兴极了,跑去把这消息告诉母亲。按说,这种事羞于启齿,然而,我们在这里不是随意杜撰伤风败俗的故事,而是叙述一件真事;况且,我们若不是认为对待这类女人,人们不倾听就严加谴责,不经判断就极力蔑视,因而应当不时揭示她们所受的苦难的话,那么这种事我们最好避而不谈。我们说羞于启齿,但是母亲回答女儿说,她们母女二人度日已很艰难,再添一个人更难生活了,还说这种孩子要了也白扯,怀孕简直就是浪费时间。

第二天,一个接生婆来瞧路易丝,我们只需指出她是母亲请来的朋友。路易丝卧床数日,下床后比以前脸色更加苍白,身体更加虚弱了。

三个月之后,一个男人对她产生了怜悯之心,力图治愈她的心灵与肉体的创伤,可是,流产这一最后的打击太猛烈,路易丝还是不治身亡。

她母亲还在世,怎么过活呢?只有天晓得。

我在观赏那些银器的时候,脑海里又浮现了这个故事,有一阵工夫仿佛陷入沉思,因为房间里只剩下我一个人了,一名看管者在门口监视,以免我偷窃什么物品。

我看到引起那人极大的不安,便走上前,对那个老实厚道的人说道:

"先生,您能不能告诉我,原先住在这里的人叫什么名字?"

"她叫玛格丽特·戈蒂埃小姐。"

我闻其名,也见过面。

"怎么!"我又对看管人说,"玛格丽特·戈蒂埃去世了吗?"

"对,先生。"

"是什么时候的事儿?"

"我想是三个星期之前的事儿了。"

"为什么让人参观她的住房呢?"

"债主们认为,这样安排能提高拍卖的价钱。这些纺织品和家具,人们事先看了就会有印象;您也明白,这样做能鼓励人们购买。"

"这么说,她负了债?"

"唔,先生,她负了很多债。"

"那么,拍卖的钱也准能抵债啦?"

"还会有剩余。"

"剩余的钱归谁呢?"

"归她家里人。"

"她还有家吗?"

"大概有吧。"

"谢谢,先生。"

看管人明白我的来意,也就放了心,向我施了个礼,我便走了出去。

"可怜的姑娘!"我往家走时,心中暗道,"她死的情景一定很凄凉,因为在那种圈子里的人,必须身体健康才会有朋友。"我情不自禁,怜悯起玛格丽特·戈蒂埃的命运来了。

这在许多人看来,未免显得可笑;的确,对于沦落为娼妓的女子,我总是无限宽容,甚至不想费心为这种宽容争辩。

有一天,我去警察局办护照,瞧见旁边一条街上,一名妓女被两个宪兵抓走。我不知道她干了什么事,我所能讲的,就是她这一被逮捕,就不得不同才出世几个月的孩子分离,她亲着孩子,热泪滚滚而落。从那天起,我再也不能一见女人就随便鄙视了。

第二章

拍卖会于十六日举行。

参观与拍卖间隔一天，好容易挂毯工人摘下帷幔、窗帘等物品。

回到消息灵通的首都，总会有朋友告诉重大新闻，当时我旅行归来，却没有听说玛格丽特之死，这也是自然的，没人把这当作要闻。玛格丽特长得很美，然而这类女人讲究奢华的生活，越是惹人议论纷纷，死的时候就越是无声无息；好似那些每天升落而暗淡无光的星球。假如她们正当青春韶华便逝去，那么她们从前的所有相好就会同时得知消息，只因在巴黎，一位名妓的所有情人，几乎总能亲密相处。大家交换同她相好的一些往事，但是每人还照旧生活，不会受这一事件的干扰，甚至连一滴眼泪也不会掉。

如今这年头，人一到二十五岁，就不会轻易落泪了，眼泪变成极为稀罕之物，就不可能随便为一个女子抛洒，顶多哭哭双亲，那也是与他们养育时的付出相等值。

至于我，尽管玛格丽特哪一件梳妆用品上，都找不见我的名字缩写的字母，但是出于我刚才承认的这种本能的宽容、这种天生的怜悯心，我还是想到她的红颜薄命，也许她并不值得我久难释怀。

还记得在香榭丽舍大街，我能经常遇见玛格丽特。她乘坐由两匹红棕色高头大马拉的蓝色四轮轿车，每天都要经过那里。那时我就注意到她有一种高贵气质，与她那类人不同，而她那绝色的美貌更加突显了她那高贵气质。

那类不幸的女子，出门通常有人陪伴。

然而，同她们有夜宿之情的任何男子，都不肯当众宣示这种关系，她们本人又害怕形只影单，就总携带女伴。女伴的境况自然不大如她们，或是自己没有马车，或是些老来俏，打扮得花枝招展也难再现往日的风骚。若想了解她们所陪伴的女子什么隐私,就不妨去问问她们。

玛格丽特的情况则不同,她总是独自乘车到香榭丽舍大街,尽量避免惹人注目,冬天裹上一条开司米大披巾,夏天就穿着极普通的衣裙。她喜欢散步,路上尽管能遇到不少熟人,她偶尔向他们微微一笑时,也唯有他们才能见到,那是一位公爵夫人才可能有的微笑。

她并不像从前和现在的所有同行那样,在香榭丽舍大街的入口处,绕着圆点广场漫步,而是由两套马车飞速拉到布洛涅树林①。她到那里下车走一小时,然后重又登车,飞驰返回住所。

我曾时而目睹的这些情景,重又浮现在我眼前,我不禁叹惜这个姑娘香魂离去,如同叹惜一件艺术杰作的彻底毁掉。

的确,世间再也不可能见到,比玛格丽特更迷人的玉貌花容了。

她高挑的个头儿,身材未免苗条得过分,但是,她衣着上善于搭配,以高超的技巧稍一调解,就消除了造化的这种疏失。她那条开司米大披巾边角一直垂到地面,两侧飘逸出丝绸衣裙宽宽的花边,还有厚厚的手笼,藏住双手,紧紧贴在胸前,四周围着十分巧妙排列的褶皱,线条那么优美,再挑剔的目光也挑不出毛病。

她那颗头简直妙不可言,正是着意修饰的部位,天生小巧玲珑,大概是缪塞②说过,母亲特意给她生一个适于打扮的脑袋。

她那张鸭蛋形的脸蛋,清秀得难以描摹,两道清纯如画的弯眉下,镶嵌着一双黑眼睛,而遮蔽眸子的长长睫毛低垂时,就在粉红的脸颊上投下阴影;那鼻子纤巧挺直,十分灵秀,鼻孔微微向外张,强烈地渴望性感的生活;那张嘴也特别匀称,嘴唇曼妙地微启,露出乳白色的牙齿;那肌肤长一层绒毛,宛若未经手触摸过的桃子。这些组合起来,便是她那张柔媚面孔的全貌了。

她那乌黑的秀发赛似煤玉,不知是否天然卷曲,在额前分成两大绺;再拢到脑后,两侧只露出耳垂,吊着两只亮晶晶的钻石耳环,每只价值四五千法郎。

玛格丽特那种火热的生活,为什么还能给她的脸上留下特有的纯真、甚而稚气的情态呢?这正是我们不能无视,又百思不得其解的方面。

---

① 布洛涅树林:位于巴黎西郊,是巴黎人驱车游玩的好场所。
② 阿尔弗雷德·德·缪塞(1810—1857):法国浪漫派天才诗人、戏剧作家和小说家。

玛格丽特有一幅维达尔①给她画的出色肖像,也只有他的画笔,才能再现她的风韵。在她去世之后,那幅画像在我手中保存数日,它同本人惊人地相似,能向我提供许多信息,弥补我记忆中的缺失。

这一章讲述的具体情况,有些是我后来才获悉的,现在就写出来,以免开始叙述这位女子的逸事时,再回过头来追述。

剧院每次首场演出,玛格丽特必去观赏。每天夜晚,她都在剧院或者舞厅度过。每次演出新的剧目,就肯定能看见她到场,而且有三样东西从不离身,放在她在一楼包厢的俯栏上,即她的观剧镜、一袋糖果和一束山茶花。

她带着的茶花,每月头二十五天是白色的,随后五天是红色的;而花色的这种变换,始终无人了解其中的奥妙,我也不能解释,仅仅指出这一现象。而这一现象,剧院的常客和她的朋友,也同我一样注意到了。

除了茶花,从未见过有别的鲜花与玛格丽特相伴。因此,她常去巴尔荣太太花店去买花,到头来就得了一个绰号:"茶花女",而她这一绰号就叫开了。

此外,我也像生活在巴黎某个社交圈的人那样,知道玛格丽特给一些最时髦的青年当过情妇,对此她并不讳言,而那些公子哥儿也以此炫耀,这表明情夫和情妇彼此都很满意。

然而,据说大约三年前,她从巴涅尔②旅行归来之后,就只跟一位外国老公爵一同生活了。那位老公爵极为富有,千方百计要她改变过去的生活,而她似乎也乐意听从老公爵的安排。

此事的经过,别人是对我这样讲的。

一八四二年春天,玛格丽特身体十分虚弱,形容枯槁,她不得不遵医嘱,动身去巴涅尔洗温泉浴。

那里疗养的患者中,就有那位公爵的女儿,她不仅与玛格丽特患了同样的病症,而且容貌长相也十分相似,别人还以为她俩是亲姊妹。只可惜那位公爵的千金肺病已到晚期,在玛格丽特抵达后不几天,她便溘然而逝。

只因巴涅尔的土地埋葬着自己的心肝宝贝,公爵就不忍离去。一天早晨,他在一条林荫路散步,在拐弯处见到玛格丽特。

---

① 万桑·维达尔(1811—1887):法国肖像画家。
② 巴涅尔:法国南方上比利牛斯山区的温泉疗养地。

他恍若看见自己女儿的身影走过,便趋上前去,拉起她的双手,一边拥抱她一边潸然泪下,也不问问她是谁,就恳求允许他常去看望她,把她视为死去的女儿活的形象去爱她。

玛格丽特在巴涅尔,只带了一名贴身女仆,况且,她丝毫也不怕名誉受损,便同意了公爵的请求。

然而在巴涅尔,有人认识玛格丽特·戈蒂埃小姐,他们去拜访公爵,郑重劝告他注意戈蒂埃小姐的真实身份。这对老人是一大打击,他即使觉得她不再像自己的女儿,也为时已晚。这年轻女子已成为他感情的一种需要,成为他还活在世上的唯一借口,唯一情由。

公爵丝毫也没有指责她,他也无权那么做。但是他问玛格丽特,是否感到有能力改变生活方式,并且表示他愿意弥补损失,满足她的所有渴望。玛格丽特答应了。

应当指出,在那个时期,天生热情奔放的玛格丽特正患病,她认为过去的生活是一大原因,头脑里再有点儿迷信,希望通过悔痛和改弦更张得到宽恕,上帝会保她美貌和健康。

她洗温泉浴,散步,身体自然疲倦,睡眠就好,果然到了夏末秋初,她就差不多康复了。

公爵陪伴玛格丽特返回巴黎,他还像在巴涅尔那样,时常来看望她。

这种交往的关系,其缘由和真正的动机,都不为人所知,在巴黎自然就引起极大的轰动,因为公爵以巨富而著称,现在又要让人了解他挥霍的一面了。

别人都把老公爵和这年轻女子的亲密交往,归因于老富翁常有的生活放荡。大家做出种种推测,独独言不及实际。

然而,这位父亲对玛格丽特的感情,有一种十分圣洁的缘起,因而在他看来,同她除了心灵相通之外,任何别种关系都无异于乱伦,他对玛格丽特所讲的话,没有一句是不堪入女儿之耳的。

我们无意不顾事实,把女主人公写成另一种样子。但是我们要说,她只要还留在巴涅尔,就不难信守对公爵的承诺,而且她也的确信守了。然而一回到巴黎,这个过惯了欢舞宴饮的放荡生活的姑娘,就感到寂寞得要死,只有公爵定期来访才打破一点儿她的孤寂,于是从前生活的灼热气息,开始吹拂她的脑海与心扉。

还应补充一句,这趟旅行归来,玛格丽特的容貌越发光艳照人了;她年方二十，正当妙龄，病症暂缓却未根治，又在激发她的狂热欲望，而到头来，这种狂热的欲望几乎总要导致肺病的发作。

公爵的那些朋友始终在监视玛格丽特，他们说公爵同这年轻女子交往损害了自己的声誉，总想抓住她一件丑闻。有一天，他们告诉公爵，能够向他证明她一旦确信他不去看望时，就接待别的客人，而且那些拜访往往延续到第二天。公爵听了心痛欲碎。

公爵问起来，玛格丽特全部承认了，并且坦言相劝，今后不必再照顾她了，因为她深感无力信守许下的诺言，她也不愿意再这么接受一个被她欺骗的人的恩惠了。

公爵整整一周没有露面，他也只能坚持这么久；到了第八天头上，他便去恳求玛格丽特继续接待他，只要能见面，她无论成为什么样子，他都保证接受，还向她发誓说，哪怕自己送掉性命，也绝不再指责她一句。

这就是玛格丽特返回巴黎之后三个月，即一八四二年十一月或十二月所发生的事情。

第三章

十六日下午一时,我前往昂坦街。

走到通车辆的大门口,就听见了拍卖报价员的高嗓门儿。

房间里拥满了好奇的人。

所有交际花、名妓都到场了。也来了几位贵妇,她们再次以参加拍卖为借口,以便就近观察她们从来没有机会接近的女人,她们偷偷地窥视,或许还暗暗羡慕那些女人轻易得到的欢乐。

德·F公爵夫人同A小姐擦肩而过:这位小姐是当代妓女中最不走运的一员;德·T侯爵夫人要买一件家具,正在犹豫不决时,当世最风流、最有名的荡妇D夫人却出了更高的价钱;还有德·Y公爵,在马德里被人视为在巴黎破了产,在巴黎又被人认为在马德里破了产,其实他连自己的收入都花不完,他一面同M夫人闲谈,一面又同德·N夫人眉来眼去:须知M夫人是最有才华的短篇小说家,要常常写下自己讲的话,并且签上自己的姓名;而德·N夫人是一位美妇,几乎总穿着粉红色或蓝色的衣裙,爱在香榭丽舍大街上兜风,给她拉车的那两匹黑色高头大马,还是托尼①以一万法郎的价钱卖给她的,她也如数照付了……最后还有R小姐,她仅仅靠自己的才能所挣得的财富,就是那些上流社会贵妇嫁妆的两倍,是那些交际花以色相换取财富的三倍,她不顾天气寒冷,也来买些物品,并不是最不引人注目的一位女士。

如果不是怕读者生厌的话,我们以姓名开头的字母,还可以列举聚在这间客厅的许多人,他们在此聚首都不免感到诧异。

我们只讲一点就够了,所有人都欣喜若狂;到场的女士,有许多认识这

---

① 托尼:当时贩卖名贵马匹的商人。

住宅死去的女主人,但是她们都仿佛不记得了。

大家高声谈笑,拍卖员们不得不声嘶力竭地叫喊。抢占了排列在拍卖桌前长凳的商人,都想安安静静地谈生意,力图让人肃静下来也是徒劳。从未见过如此喧闹纷乱的聚会。

我不声不响,钻进这令人哀伤的嘈杂人群中,心想在那可怜女子咽气不久的房间旁边,就拍卖家具,以便偿还债务。我到场意在观察,倒不是想买东西。我注视那些拍卖商的面孔,每当一件物品的卖价超过报价时,他们就喜形于色。

这些体面的人,早就在这个女人卖娼的生涯中搞投机,在她身上百分之百地捞好处,到她临终之前,还用账单逼她还债,而在她死后,更要前来摘取他们精心盘算的果实,同时收取他们可耻信贷的利息。

古人给商人和窃贼设了同一个神①,简直太有道理了。

衣裙、开司米披巾、首饰,售出之快令人难以置信。没有一样对我的心思,我一直等待机会。

忽然,我听见有人嚷道:"一部书,精装本,切口烫金,书名为《玛侬·列斯戈》②,扉页上还有题词,十法郎。"

"十二法郎。"冷场好一阵,才有人答道。

"十五法郎。"我应了一声。

为什么竞拍?我也说不清楚。恐怕是冲着题词吧。

"十五法郎。"拍卖员重复一遍。

"三十法郎。"头一个竞拍人又说道,他那声调似乎要把别人镇住,不再抬价。

"三十五法郎!"我也以同样的声调嚷道。

"四十。"

"五十。"

"六十。"

"一百。"

应当承认,我若是打算制造效果,就完全成功了,因为,这样高价一抛

---

① 希腊神话中的赫耳墨斯是天神宙斯的儿子,他掌管商业、交通、畜牧、竞技、演说、欺诈、盗窃等业。在罗马神话中则称墨丘利。
② 《玛侬·列斯戈》:法国作家普雷沃神甫(1697—1763)所著的小说,写一个浪荡女子玛侬·列斯戈的故事。

出,全场就一片寂静,众人的目光都投向我,想了解这个似乎志在必得此书的先生究竟是什么人。

我最后出价的声调,看来折服了我的对手:他愿意放弃这场竞买,这样争下去,也无非使我付十倍的钱买下这本书,看清这一点尽管迟了些,他还是躬了躬身,十分大度地对我说:"我放弃,先生。"

再也没有人提出异议,这本书也就拍卖给我了。

我自知阮囊羞涩,深恐可能受自尊心的怂恿,再次执拗地竞拍什么物品,便登记了自己的姓名,将书单独放起来,下楼离去了。可以想见,目睹这场竞拍的人,一定百思不得其解:这样一本书,无论到什么地方,花上十法郎,顶多十五法郎就能买到,不知我出于什么目的,竟然出了一百法郎的大价钱。

一小时之后,我派人取回我买下的书。

在书的扉页上,赠书人用羽毛管笔写下字体优美的题词。题词只有寥寥数字:玛侬较之玛格丽特,相形见绌。

题词签名为:阿尔芒·杜瓦尔。

"相形见绌",这话是什么意思呢?

依这位阿尔芒·杜瓦尔先生之见,在放荡或情感方面,是不是玛侬都要承认,玛格丽特胜她一筹呢?

后一种解释,似乎更为合理,因为前一种放荡之说,直率到了无礼的程度,玛格丽特无论怎样看待自己,也断然不会接受。

我又出门去,直到夜晚上床时,才又拿起这本书。

自不待言,《玛侬·列斯戈》是一个感人的故事,书中每个细节我都熟悉,然而,我捧起这本书时,出于喜爱仍旧受其吸引。我翻开书,现在是第一百次同普雷沃神甫的女主人公打交道了。这位女主人公形象十分逼真,我就有似曾相识之感。在这种新情况下,能拿玛格丽特进行比较,这就给我阅读这本书增添意想不到的情趣;同时,我对本书的原来主人,这个可怜的姑娘的宽容之心,又增添了几分怜悯,几乎带有爱意了。不错,玛侬死在荒野中,但是毕竟在全心爱她的男子怀抱中咽气;而且在她死后,那男子为她挖了墓穴,祭洒了眼泪,并把自己那颗心也一同埋葬了。玛格丽特同玛侬一样,也是个有罪孽的人,也许像玛侬一样皈依了天主教,如果相信我目睹的情景,她则死在奢华的环境里,死在她过去生活的床上,但是也死在心灵的荒漠中;比起埋葬玛侬的荒野,这荒漠更加荒凉,更加空旷,也更加无情。

的确,玛格丽特痛苦的临终期长达两个月,却不见一个人到床前给她真正的安慰,我也是从几位知情的朋友那里,了解到她生命最后阶段的情景的。

继而,从玛侬和玛格丽特的遭遇,我又联想到我认识的一些女人身上,看见她们轻歌曼舞,走上几乎一成不变的死亡之路。

可怜的女人啊!如果爱她们是一种过错的话,那么至少总该同情她们。你们同情从未见过阳光的盲人,同情从未聆听到大自然和谐之音的聋子,也同情从来未能表达心声的哑巴,而你们却在廉耻的虚假借口下,不肯同情令不幸的女人发疯的这种心窍的盲、灵魂的聋和意识的哑,须知正是由于这些障碍,她们才处于无奈之中,看不到善,听不见上帝的声音,也讲不出爱与信仰的纯洁话语。

雨果塑造出玛丽容·德洛姆①,缪塞塑造出贝尔纳蕾特②,大仲马塑造出费尔南德③,历代的思想家和诗人,都向风尘女子奉献了他们的仁慈之心。有时,一位伟大的人物以其爱情,甚至以其姓氏门第为她们恢复名誉。我强调这一点也事出有因,要读这本书的人,也许有不少人已经打算丢掉它,深恐书中所写无非是赞美堕落与卖娼,而作者的年龄,无疑还要助长他们的这种担心。但愿有这种想法的人明白过来,如果仅仅碍于这种担心,那么还是请他们看下去。

我确信这样一条原则,对于没有受过善的教育的女人,上帝几乎总开辟两条小路,引她们进入,即痛苦之路和爱情之路。两条路都很艰难,她们走在上面,双脚要扎出血,双手要划破,但是她们在路旁的荆棘上,同时也留下罪孽的装饰物,赤条条地到达目的地:这样赤条条来到上帝面前,她们自不必羞愧。

有些人遇见了这些勇敢的人生旅客,就应该支持她们,告诉大家同她们相遇的情景,因为公之于众的同时,他们也就指明了道路。

事情绝非简简单单地在人生之路的入口,竖起两块牌子,一块牌子写着:"善之路",另一块牌子则警示:"恶之路";也绝非简简单单地对要上路

---

① 玛丽容·德洛姆:雨果于一八二八年发表的同名剧的女主人公。
② 贝尔纳蕾特:缪塞于一八三八年发表的短篇小说《弗雷德里克与贝尔纳蕾特》中的女主人公。
③ 费尔南德:大仲马于一八四四年发表的三卷本同名小说中的女主人公。

的人说:"自己选择吧。"应当像基督那样,向受到各方面诱惑的人指明,由恶之路通向善之路的各种途径;尤其应当注意,不要让那些途径的开头太苦痛,显得太难以进入。

世间有基督教及其浪子回头的绝妙寓言,可以劝导我们讲求宽容和恕道。耶稣满怀着爱心,对待那些受情欲伤害的人,尽心为她们包扎伤口,并且从情欲中提取能治愈创伤的药膏。因此,耶稣对玛德莱娜①说:"你的许多罪过都将赦免,因为你广为爱人。"崇高的宽恕定然唤起一种崇高的信仰。

我们为什么要采取比基督更严厉的态度呢?这个世界是为了显得强大,才换上一副冷酷的面孔,而我们为什么要附和它的见解,遗弃那些涔涔流血的灵魂呢?要知道那些伤口流淌的往往是她们过去的罪孽,如同病体流出的污血,而她们只期望有一只友好的手为其包扎,使其心灵康复。

我讲这种话,是面向我同时代的人,面向那些认为伏尔泰的理论幸而过时了的人,面向那些同我一样明白十五年来,人类正经历一场突飞猛进的发展的人。善与恶的学说已经完全确立了,信仰重又树立起来,而尊重神圣事物,也重又成为我们的规范;这个世界,如果说还没有变得尽善尽美的话,至少也变好一些了。所有聪明睿智的人,都朝着同一目标努力,一切伟大的意志,也都遵从同一原则:我们要善良,要保持青春,要真诚!恶行只是一种虚荣,我们要有行善的自豪,尤其不能失去希望。我们不要鄙视既非母亲、女儿,又非妻子的女人。我们也不要减少对家庭的敬重、对自私的宽容。既然上天看到一个痛悔的罪人,比看到一百位从不犯罪的义人还要高兴,那么我们就尽量讨上天的喜欢吧。上天会加倍偿还给我们的。我们在行走的路上要把我们的宽恕,施舍给那些被尘世的欲望所毁掉的人,神圣的希望也许能拯救他们,正如好心肠的老妇劝人用她们的药方所讲的,试试看,不见效也没有害处。

当然,我未免显得有点儿狂妄,想从我处理的小题目中引出重大结论;须知我正是相信一切都蕴藏在小中的那类人。孩子虽小,却蕴蓄着成人;头脑虽狭小,却蕴含着思想;眼睛虽是一个小点,却能望见多少公里的范围。

---

① 玛德莱娜:即玛丽·玛德莱娜,《圣经》福音书中人物,原是放荡的罪恶女子,后改邪归正,成为女圣徒。

第四章

两天之后，拍卖会结束，拍卖的总货款为十五万法郎。

债主们分掉了三分之二，余下的钱分给家属，即一个姐姐和一个小外甥。

那位姐姐收到代理人的信，得知她继承了五万法郎，惊讶得睁大了眼睛。

这个年轻姑娘，已有六七年未见到她妹妹了，忽然一天妹妹失踪，便杳无音信，妹妹的生活情况，无论妹妹本人还是别人，都没有向家里透露。

且说她匆匆赶到巴黎，而认识玛格丽特的人一见都十分惊讶：死者的唯一女继承人，竟是一个胖乎乎的乡下姑娘，生来还从未离开过她的村庄。

她一下子就发了财，甚至不知道这意外的财富从何而来。

后来我听说她回到乡下，沉痛哀悼死去的妹妹，这巨大的哀伤当然也有补偿：她将那笔钱以四厘五的利息存入银行。

在制造社会新闻之都的巴黎，所有这些情况也一时成为传闻，之后又被人遗忘了；甚至我也几乎淡忘了自己为何卷入这一事件中，不料又发生一件事，倒使我了解了玛格丽特的一生经历。我觉得她的经历中有些情节十分感人，就产生了写下来的欲望，于是写下了这个故事。

那套房子搬空了家具，开始招租，三四天之后的一天早晨，忽然有人拉响我的门铃。

我的仆人，确切地说，为我充当仆人的门房去开了门，给我拿进来一张名片，说是送上名片那人希望同我谈一谈。

我瞥了一眼，看到名片上印着：

阿尔芒·杜瓦尔

我搜寻记忆在哪儿见过这个姓名,终于想起那本《玛侬·列斯戈》扉页的题词。

赠书给玛格丽特的人要见我是何来意呢?我吩咐立刻将候见的人请进来。

于是,我看见进来一个金发青年,他高挑个头儿,脸色苍白,还穿着一身旅行服装,仿佛几天没有换下,到达巴黎也没有顾上刷一刷,还是一副风尘仆仆的样子。

杜瓦尔先生情绪十分激动,丝毫也不掩饰这种情绪,眼噙着泪花,声音颤抖着对我说道:

"先生,请您原谅我冒昧来打扰,又穿着这样一套衣服。不过,除了青年之间不必过分拘谨之外,我还特别渴望今天就见到您,甚至顾不上随行李去下榻的旅馆,尽管时间尚早,还是赶到府上,唯恐来访您不在家。"

我请杜瓦尔先生坐到炉火旁边,他坐下来,同时从衣兜里掏出一块手帕,捂住脸待了一会儿。

"您大概难于理解,"他凄然地叹了一口气,又说道,"一个不速之客,一身这样的穿戴,还流着眼泪,在这样时刻来找您,究竟是何用意。"

"先生,我来拜访,就是想请您帮一个大忙。"

"请讲吧,先生,有什么事尽管吩咐。"

"您出席了玛格丽特·戈蒂埃的拍卖会吧?"

这个年轻人本来暂时克制了情绪,一讲这句话,又控制不住了,不得不用手捂住眼睛。

"在您看来,我一定显得很可笑,"他又补充说道,"我这样子,还得请您原谅,也请您相信,我永远也不会忘记,您肯如此耐心听我讲。"

"先生,"我回答说,"如果我真能帮上忙,稍微减缓一点儿您所感到的悲伤,那就快些告诉我能为您做什么吧,您会看到,我是乐于为您效劳的人。"

杜瓦尔先生这样哀痛,实在令人同情,我就情不自禁地要给他行个方便。

这时,他对我说道:

"您在玛格丽特遗物的拍卖会上,买了点儿什么东西吧?"

"对,先生,是一本书。"

"是《玛侬·列斯戈》吧?"

"正是。"

"这本书还在您手头吗?"

"就放在我的卧室里。"

阿尔芒·杜瓦尔得知这一情况,如释重负,连连向我道谢,好像我保存了这本书,就已经开始帮他的忙了。

我站起身,去卧室取出那本书,交到他手里。

"正是这本书,"他边说边看扉页的题词,又翻着书页,"正是这本书。"

两大滴眼泪落到书页上。

"那么,先生,"他说着,冲我抬起头来,甚至再也不想对我掩饰他流过泪,并且还要流泪,"您非常珍视这本书吗?"

"为什么这样问呢,先生?"

"因为我来请求您把它让给我。"

"请原谅我的好奇心,"我说道,"这本书,是您送给玛格丽特·戈蒂埃的吗?"

"是的。"

"这本书是您的,先生,您就拿回去了,我很高兴它能物归原主。"

"不过,"杜瓦尔先生面有难色,又说道:

"我至少应该还给您所付的书钱。"

"请允许我把它送给您吧。在那样一场拍卖会上,一册书的价钱是无足挂齿的,我也不记得付了多少钱了。"

"您付了一百法郎。"

"不错,"我也颇为尴尬地说道,"您是怎么知道的?"

"这很简单,我原想及时赶到巴黎,参加玛格丽特的遗物拍卖会,可是我今天早晨才到达。我一心想弄到她的一件遗物,便去找拍卖商,请他允许我查一查售出物品与买主的清单。我看到这本书是您买走的,便决定来求您让给我,尽管您出的价钱令我担心,您要拥有这本书,莫非特意留作纪念。"

阿尔芒这样讲,显然是担心我也像他一样,跟玛格丽特非常熟悉。

我赶紧让他放下心来。

"我只是见过戈蒂埃小姐,"我对他说道。"她的去世使我产生的感受,正如自己乐于遇到的一位漂亮女子死了,哪个青年都会有同样的感受。

我出席拍卖会,想买下点儿什么,结果执意竞买这本书,我也不知道为什么,大概就想斗斗气儿,要激怒一位跟我争夺,似乎向我挑战的先生。我再向您说一遍,先生,这本书就物归原主了,我再次请您接受,切勿像从拍卖商手中买到那样,您再从我手中买走,但愿它成为我们长久交往、建立密切关系的一种契约。"

"很好,先生,"阿尔芒对我说道,他同时伸出手,握住了我的手,"我接受,对您我也终生感谢。"

我很想问问阿尔芒有关玛格丽特的身世,因为,书上的题词、这个年轻人专程的旅行,以及他拥有这本书的强烈愿望,都激起我的好奇心,但是我也担心,立刻就询问来客,倒显得我不肯收他的钱,只为了有权插手他的私事。

他仿佛猜出我的渴望,对我说道:

"这本书您读过吗?"

"整本都读了。"

"我写的那两行字,您有什么看法?"

"我当即就明白,您赠书的这个可怜的姑娘,在您的心目中出类拔萃,因为,这两行文字,我不愿意仅仅看成一般的恭维。"

"此话有理,先生。这姑娘是个天使。拿着,"他对我说道,"您看看这封信。"

他递给我一封信,看样子这信已经读过多少遍了。

我展开信纸,内容如下:

> 我亲爱的阿尔芒,您的信收到了,您的心肠一直这么好,我要感谢上帝。对,我的朋友,我病倒了,患了一种不治之症。然而,您还是这么关心我,这就大大地减轻了我的病痛。毫无疑问,我活不到那一天了,没有福气握住写这封美好的信的手。假如世上还有什么能治好我的病的话,我刚刚收到的这封信的话语就会治好我。我不久于人世,又相隔千里,见不到您的面了。可怜的朋友!您的玛格丽特模样大变,今非昔比了。也许还是不见为好,再见面也只能见到这副模样。您问我是否原谅您,噢!诚心诚意地原谅,朋友,因为,您要对我造成的伤害,只能证明您对我的爱。我卧病不起已有一个月,我特别重视您的评价,因此每天都写日

记,讲述我的生活,从我们分手之时写起,一直到我无力执笔为止。

如果您真的关心我,阿尔芒,您一回来,就立即去找朱丽·杜普拉。她会把这本日记交给您。您在日记中能看到,我们之间发生事情的原因和情由。朱丽对我很好,我们经常谈起您。我收到您的信时,恰巧她也在场,我们读着信都禁不住流了泪。

万一我得不到您的音信,她也受托等您回到法国时,将我的日记交给您。您不必为这事感谢我。每天重温我一生仅有的幸福时刻,对我大有裨益;如果说您在我的日记中,能看出往事发生的情由,那么我从中则不断得到安慰。

我很想给您留下一件东西,好让您能一直睹物思人,然而,我这里的东西全被查封,一样也不属于我了。

您理解吗,我的朋友?我快要死了,从卧室就听见客厅里,我的债主们派来的人走动的声响,那看守不让人拿走一件物品,即使我不死,什么也不会给我留下,唯有希望他们等我死后再拍卖。

唉!人就是这么冷酷无情!也许还是我错了,应当说上帝是公正而铁面无私的。

这样吧,最亲爱的朋友,我的遗物拍卖时您就来吧,买下一样物品,因为,什么我也不能为您单独留着,他们一旦发现,就可能控告您侵吞查封的财物。

我要离开的人世有多悲惨啊!

但愿上帝大发慈悲,让我死之前再见上您一面!我的朋友,十有八九要永别了;请原谅我不能给您写得再长了,那些声称能给我治好病的人总给我放血,结果我的手不听使唤,无力写下去了。

玛格丽特·戈蒂埃

信的末尾,字迹的确不清了。

我把信还给阿尔芒。我拿信看的时候,他一定在头脑里又读一遍,因为,他接过信就对我说:

"谁想得到,这是一名妓女写的呀!"

他忆起往事,情绪十分激动,注视了一会儿信上的文字,最后送到唇边吻了吻。

"一想到人已死了,"他又说道,"要再见一面都没有做到,我也永远见不到她了;一想到她为我做了连亲姊妹都做不到的事,我就不能原谅自己就让她这样死去。

"死啦!死啦!临死还思念我,还写信,还念叨我的名字,可怜的、亲爱的玛格丽特!"

阿尔芒不再控制自己的思绪和眼泪,他把手伸给我,继续说道:

"我为这样一个女人痛哭流涕,别人若是看到,就会认为我太天真幼稚了。这也难怪,别人不知道当时我多么残忍,给这个女人造成了多大痛苦,而她又多么善良,多么委曲求全。我原以为是该我原谅她,而如今我却觉得不配她对我的宽恕。唉!能跪在她脚下哭一小时,就是少活十年我也愿意。"

不了解一种痛苦,就难以给予安慰;不过,我极为同情这个年轻人,既然他这么坦诚,向我倾诉了心中的哀伤,我就认为我的话未必不起作用,于是对他说道:

"您没有亲戚朋友吗?去看看他们,要抱着希望,能从他们那里得到安慰,而我呢,对您只能表示同情。"

"说得对,"他说着便站起身,在我的房间大步踱来踱去。"我给您添麻烦了,请原谅。我也没有考虑考虑,我的痛苦跟您没有什么关系,不该来打扰您,讲一件您不可能,也根本不会感兴趣的事情。"

"您误会我这话的意思,我一心想为您效劳,但是很遗憾;我无力减轻您的哀痛。如果我的圈子、我朋友们的圈子能为您排忧的话,总之,无论什么,如果您需要我做的话,那么我希望您完全明白,我十分乐意满足您的心愿。"

"对不起,对不起,"他对我说道,"人一痛苦,总好神经过敏。请让我再留几分钟,容我把眼泪擦干,以免上街让闲人看见一个小伙子哭天抹泪,就该大惊小怪了。刚才您给了我这本书,就让我非常高兴了;这种恩情,我永远也不知道如何报答。"

"您的友情给我一点儿,"我对阿尔芒说道,"对我讲讲您哀伤的缘由就行了。伤心的事儿讲出来,就多少是一种安慰。"

"此话有理;不过今天,我太需要大哭一场了,对您讲也是断断续续。这段经历,改日我再告诉您,到那时您就会明白,我有理由悼念这个可怜的姑娘。现在,"他最后一次擦了擦眼睛,又照了照镜子,补充说道,"说说看,您是不是觉得我的样子太傻,也请您允许我再来拜访。"

这个年轻人的眼神又善良,又温和;我真想拥抱他。

可是他呢,泪水又开始模糊了他的双眼,他见我发觉了这一情况,便把目光从我身上移开了。

"瞧您,"我对他说道,"拿出点儿勇气来。"

"再见。"他则对我说道。

他极力克制,不让眼泪流下来,匆匆走出我的宅门,简直就像逃走似的。

我撩起窗帘,望见他又登上在门外等候他的轻便马车,刚上车就泪如泉涌,赶紧用手帕捂住脸。

第五章

相当一段时间,我没有听人提起阿尔芒,反之,玛格丽特却往往成为人们谈论的对象。

我不知道您是否注意了这种现象:一个似乎与您素昧平生,至少您不闻不问的人,只要在您面前提起了他的姓名,围绕他的情况就逐渐纷至沓来,您就会听到所有朋友从未对您谈论过的事情;于是您会发现,那个人几乎同您有关,还会发觉他曾多次走进您的生活,但没有引起您的注意;您听了别人讲述的事件,能从中发现和您的某些经历有一种巧合,有一种切切实实的关联。然而,在玛格丽特这件事情上,我看不尽相同,因为我见过她,同她相遇过,认识她的容貌,也了解她的习俗;可是,自从那次拍卖会之后,她的名字在我耳畔回响的频率就很高了。我在前一章所讲述的情况中,这个名字牵连到一个人的极痛深悲,这引起我更大的惊讶,也激发我更大的好奇心。

因此之故,同我的朋友们见面,我以前从未提过玛格丽特,现在就总要问一声:

"您认识一位名叫玛格丽特·戈蒂埃的女子吗?"

"是茶花女吗?"

"正是。"

"非常熟悉!"

"非常熟悉"这几个字,有时还伴随着微笑,不容人对这话的含义持任何怀疑。

"那么,那是个什么样的姑娘呢?"

"一个好姑娘。"

"没有别的啦?"

"我的上帝!有哇,比别的姑娘聪明一点儿,也许心肠也好一点儿。"

"有关她的具体情况,您一点儿也不了解吗?"

"她使德·G男爵破了产……"

"只有这一件事?"

"她当过一位老公爵的情妇……"

"她真的当了他的情妇吗?"

"有人这样讲:不管怎样,老公爵给她很多钱。"

总是同样笼统的情况。

然而,我特别想了解一点儿玛格丽特和阿尔芒的关系。

有一天,我碰见一个同那些名妓交往密切的人,便问他:

"您认识玛格丽特·戈蒂埃吗?"

我得到同样的回答:"非常熟悉。"

"那个姑娘怎么样?"

"是个美丽而善良的姑娘。她去世了,让我非常难过。"

"她是不是有个相好的,名叫阿尔芒·杜瓦尔?"

"一个高个子的金发青年?"

"对。"

"是有那么一个人。"

"那个阿尔芒是个什么样的人呢?"

"一个小青年,想必是同她一起,把他的钱财全吃光了,就不得不同她分手。据说他为此发了疯。"

"那么玛格丽特呢?"

"玛格丽特也非常爱他,可以说一直爱他,当然是那种女人所能有的爱了,总不能要求她们付不出的东西。"

"阿尔芒后来怎么样了?"

"我一无所知。我们对他了解甚微。他同玛格丽特一起生活了五六个月,但是住在乡下。玛格丽特回到巴黎的时候,他已经走了。"

"后来您就再也没有见过他吗?"

"再也没见到。"

同样,我也再没有见过阿尔芒。我甚至这样想,上次他登门求见的时候,玛格丽特刚刚去世,他未免夸大了他往日的爱情,从而也夸大了他的痛苦;于是我又想,他再来看我的许诺,连同死去的姑娘,也许他早已置于脑后了。

在另外一个人身上,这种推测很有可能;然而,在阿尔芒的极痛深悲中,声调语气很真挚,这样,我就从一个极端走上另一个极端,设想他忧郁成疾,卧床不起,甚至可能一命呜呼,因而我也就失去了他的音信。

我不由自主地关心起这个青年了。这种关心,也许有自私的成分;在这种痛苦中,也许我看出一段动人的感情故事,总之,我渴望了解这个故事,也许在很大程度上,担心阿尔芒这样保持沉默。

既然杜瓦尔先生不来看我,那我就决定去看他。借口不难找,只可惜我不知道他的住址。我问过的人当中,谁也未能告诉我。

我去昂坦街。玛格丽特的门房也许知道阿尔芒住在哪里。换了新门房,他同我一样根本不知道。于是,我又打听戈蒂埃小姐葬在哪块墓地。她葬在蒙马特尔公墓。

又到了四月份,天气晴好,墓园不应像在冬景里那般悲惨凄凉了;总之,天气转暖,在世的人也就想起去世的人,前去看望他们。我前去墓地,边走边想:只要察看一下玛格丽特的坟墓,我就能弄清楚阿尔芒是否还悲痛,也许还能得知他的近况呢。

我走进公墓看守的小屋,问他二月二十二日那天,是否有一位名叫玛格丽特·戈蒂埃的女子,安葬在蒙马特尔公墓。

那人翻阅一本厚册子,那上面编号登记了进入这块最后安息地的人,他回答我说,二月二十二日中午,确实安葬了一个叫这个名字的女人。

我求他找个人带我去那座坟墓,只因这座死人城同活人城一样,也有许多街道,如无向导,就没法儿不迷路。看守叫来一名园丁,必不可少地向他交代几句;而园丁则打断看守的话,说道:"我知道,我知道……唔!那座很容易辨认。"他朝我转过身来接着说道。

"为什么呢?"我又问他。

"因为献给这座墓的鲜花,跟别的墓上的花就是不一样。"

"是您照看这座墓吗?"

"是的,先生,一个年轻人把它托付给我了,我真希望所有亲人都像他那样照顾死者。"

拐了几个弯之后,园丁站住,对我说道:

"我们到了。"

果然,只见眼前用鲜花摆成了一个方块,如果没有一块刻着死者姓名的白色大理石,就绝不会想到那是一座坟墓。

这块大理石直立安放着,买下的墓基围了一圈铁栅栏,上面覆盖着白色山茶花。

"您看怎么样?"园丁问我。

"非常好看。"

"每次有哪朵山茶花萎蔫了,我就按照吩咐的换掉。"

"是谁吩咐您这么做的?"

"是一个年轻人,他第一次来祭墓时哭成了泪人,大概是死者的一个旧情人,因为,这一位好像是个粉头。听说她长得非常美。先生认识她吗?"

"认识。"

"跟那一位一样。"园丁对我说,脸上还狡黠地微微一笑。

"不一样,我从来没有和她说过话。"

"您还是来这里看她,您这人心真好,要知道,来到墓地看这可怜的姑娘的人可不多呀。"

"怎么,没人来吗?"

"没有,只有那个年轻人来过一次。"

"只来过一次?"

"对,先生。"

"他再也没有来过吗?"

"没有,不过,他一回来还要来的。"

"怎么,他外出啦?"

"对。"

"那您知道他去哪儿了吗?"

"我想,他是去戈蒂埃小姐的姐姐家了。"

"他去那儿干什么?"

"他去请求人家准许他把死者迁坟,换到另一个地方。"

"葬在这里好好的,为什么要迁走呢?"

"您也知道,先生,大家对待死者,各人都有各人的想法。我们在这儿干活的人,天天看到这种情景。这块墓地只买了五年使用期,而那个年轻人想买下一块永久墓地,地块要大一些,最好是在新区。"

"您说新区,是指什么?"

"就是左边那片正在出售的新墓地。假如公墓当初一开始,就一直像现在这样经营,那么世上就不会有这样一片墓地了。不过,要完全变成那样子,还得做很多事儿。再说了,人又都那么怪。"

"您这么讲是什么意思?"

"我是想说,有些人到这儿来还摆臭架子。就拿戈蒂埃小姐来说吧,她在生活上看样子有点儿放荡,请原谅我用这种字眼儿。现在呢,这个可怜的小姐人已经死了;但是,还有很多这样的小姐,生前无可指责,也葬在这里,我们每天给她们墓上的花浇水;结果呢,葬在她旁边的死者的家属,一得知她是什么人,不就打算说话了,反对把她葬在这里,主张像对待穷人那样,应当把她归类,葬在专门的墓区。这种事,有谁见过吗?我呀,一点儿也不客气,反驳他们一通。他们当中,有些是大息爷儿,靠吃年息生活,他们一年到头也来不了三四回,给死去的亲人扫墓,自己带来花,瞧瞧那是什么花呀!他们考虑为他们说是哀悼的人修坟,在墓碑上写他们怎么哀痛,却从来不流眼泪;就他们这种人,还来找葬在旁边的死者的麻烦。信不信我由您,先生,我不认识这位小姐,也不知道她做过什么事儿,然而,我喜欢这个可怜的姑娘,尽量照顾她,给她的山茶花价钱最公道。这是我最爱的死者。我们这些人啊,先生,就只能爱死去的人,因为我们的活儿太忙,差不多没有工夫喜爱别的什么东西。"

我瞧着这个人,而读者们无须我解释也会明白,我听他这么讲时,心里该有多么激动。

他无疑也看出我的反应,因而继续说道:

"听说有些人让这个姑娘弄得倾家荡产,她有不少崇拜她的相好,可是我想啊,连一个也不来给她买朵花,这实在让人奇怪,也让人伤心。不过,她也没有什么可抱怨的,总归还有一个葬身之地,假如说只有一个人还记得她,那么这个人所做的事也就代表其他人了。要知道,我们这里还有一些苦命的姑娘,身世相同,年龄也相仿,尸骨全扔进公共墓穴里了,每次听到她们可怜的尸体落地的声响,我的心都要碎了。她们一旦死了,就再也没人管啦!我们干的这行,并不总那么开心,尤其是我们还有一点天地良心。有什么办法呢?我也是无能为力。我有一个女儿,是个二十岁的大姑娘,长得很漂亮。每次拉来与她同龄的姑娘安葬时,我就想到自己的女儿,因此,拉来的不管是大家闺秀还是流浪女,我都忍不住要伤心。

"真的,净讲我的事儿了,一定让您听烦了,您来这儿不是要听我的故事。本来是让我领您到戈蒂埃小姐的墓地,这不到了,我还能为您做点儿什么事吗?"

"您知道阿尔芒·杜瓦尔先生的住址吗?"我问这个园丁。

"知道,他就住在……街,您看到的所有这些鲜花,至少我是去那里取钱的。"

"谢谢,我的朋友。"

我最后瞥了一眼这座摆满鲜花的坟墓,不由自主地想探测其深度,瞧瞧泥土把丢在这里的美丽姑娘变成了什么样子。我满腹忧伤地离去。

"先生您还想见见杜瓦尔先生吧?"走在我身边的园丁又问道。

"对。"

"我问这一句,是因为肯定他还没有回来,要不,我早就在这儿见到他了。"

"看来您确信,他并没有忘记玛格丽特吗?"

"我不仅确信,而且还敢打赌,他要给她迁坟,也只是渴望再见她一面。"

"怎么会这样呢?"

"他来到墓地,对我说的头一句话就是:'怎么做才能再见她一面呢?'只有迁坟才可能办到,于是我告诉他,要迁坟都得履行哪些手续。您也知道,要将死者从一座坟墓迁往另一座坟墓,就必须验明正身,这件事,首先必须经过家属的同意,还必须由一名警官现场指挥。杜瓦尔先生这趟去找戈蒂埃小姐的姐姐,就是要征得这种许可,而他一返回,肯定先来我们这里。"

我们走到了公墓门口。我再次感谢这名园丁,并把几枚硬币塞进他的手里,然后就去找他给我的地址。

阿尔芒还没有回来。

我给他家里留下一张字条,请他一回到巴黎就去看我,或者派人通知我去哪儿同他会晤。

第二天上午,我收到杜瓦尔的一封信。他在信中告诉我他已返回,请我去他家里,并解释说他疲惫不堪,不可能出门了。

第六章

我看到阿尔芒正躺在床上。

他一见是我,便向我伸出滚烫的手。

"您发烧了。"我对他说道。

"不要紧,只不过是累的,路赶得太急了。"

"您是从玛格丽特的姐姐家回来的吧?"

"对,是谁告诉您的?"

"反正我知道,您要办的事儿成了吗?"

"也成了;可是,到底是谁告诉您的,我这趟旅行和此行的目的呢?"

"是公墓的园丁。"

"您去看了那座墓?"

我简直不敢正面回答,因为,他讲这句话的声调向我表明,他仍然处于初次见面时我目睹的那种冲动中。每当他想到,或者别人的话把他引到这个痛断肝肠的话题,这种冲动还会持续很长时间,他的意志难以控制。

因此,我只是点了点头,权当回答。

"他尽心照看了吧?"阿尔芒接着问道。

两大颗泪珠顺着面颊滚下来,病人力图掩饰,赶紧扭过头去。我就佯装没看见,并且试着转移话题。

"您走了有三个星期了。"我对他说道。

阿尔芒用手擦了擦眼睛,回答我说:

"整整三个星期。"

"您这次旅行时间够长的。"

"唉!我也并不是总在路上,而是病倒了半个月,不然早就回来了。我刚到那里,就发起了高烧,不得不待在客房里。"

"您病还没有治好,就又上路了。"

"我在那地方再多待一星期,就非死在那里不可。"

"现在您既然回来了,就应当好好养病,您的朋友们会来看您。如果您允许的话,我会第一个来的。"

"再过两小时,我就起来。"

"太冒失啦!"

"有此必要。"

"有什么事这么急着办啊?"

"我必须去见警官。"

"您会加重病情的,为什么不委托一个人去跑警察局呢?"

"只有办这件事,才能把我的病治好。我务必得见到她。我获悉她的死讯之后,尤其见到她的坟墓之后,就再也不能入睡了。我实在想象不出,那么年轻、那么美丽的一个女子,同我分手之后就死了。我必须亲自验证才能相信。我一定得亲眼看看,上帝把我深爱的人变成了什么样子,看了之后产生的厌恶,也许会取代悲痛欲绝的回忆。您会陪我去的,对不对?……如果您不嫌太烦的话。"

"她姐姐对您说了什么?"

"没说什么。她好像非常惊讶:一个陌生人居然愿意买块墓地,给玛格丽特新修个坟。她当即在许可证上签了名。"

"请相信我,您等病好了,再去办迁坟的事吧。"

"唉!我会很坚强的,请放心吧。况且,这件事已经成了我的一块心病,如不尽快办好,我就非发疯不可。我向您保证,只有见到玛格丽特,我的心情才能平静下来。这也许是煎熬我的高烧的一种焦渴,我辗转难眠的一种梦想、我的精神妄想的一种后果。哪怕看到她之后,我会像德·朗塞①先生那样,成为苦修士,那我也心甘情愿。"

"这我理解,"我对阿尔芒说道,"要我做什么尽管吩咐。您见到朱丽·杜普拉了吗?"

"见到了。唔!我上次回来当天就见了她。"

"玛格丽特放在她那儿的日记,她交给您了吗?"

---

① 勒布蒂利埃·德·朗塞(1626—1700):他是大领主,早年生活放荡,在他的情妇德·蒙巴宗公爵夫人死后,便皈依宗教,创建缄口苦修会。

"就在这儿呢。"

阿尔芒从枕头下面抽出一卷纸,随即又放了回去。

"这些日记,我都记在心里了,"他对我说道,"这三周来,每天我要看上十遍。您也看一看,但是要晚一点儿,等我的心情更平静一些的,等我能够让您理解这份自白所揭示的全部心声和爱情。"

"眼下,我要先请您帮个忙。"

"什么事儿?"

"您有一辆马车停在下面吧?"

"对。"

"那好,您拿着我的护照,去邮局的邮件待领处,看看有没有我的信件好吗?我父亲和我妹妹,一定往巴黎给我写信来了,当时我走得十分匆忙,临行没有时间去询问了。等您回来,我们再一道去见警官,安排明天的仪式。"

阿尔芒将护照交给我,我便前往让-雅克·卢梭街。

有两封寄给杜瓦尔的信,我领取了便返回来。

我回到屋里一看,阿尔芒已经穿戴好了,准备出门了。

"多谢了,"他接过信时对我说道。"不错,"他看了信的地址,又补充说,"不错,是我父亲和妹妹写来的。没有得到我的音信,他们一定是觉得不可理解。"

他打开信,一目十行,不是看而是猜测,每封信有四页之多,转瞬间又重新折起来。

"我们走吧,"他对我说道,"明天我再写回信。"

我们到了警察分局,阿尔芒将玛格丽特姐姐的委托书交给警官。

警官看了委托书,就给他要交给公墓看守的通知;约定次日上午十时开始迁坟,我提前一小时去接他,然后一道去公墓。

我出于好奇心,同样想看看这种场面,我得承认一夜没睡着觉。

连我都思绪万千,可以想见,这一夜对阿尔芒该是多么漫长。

次日上午九时,我去他住处,看见他那张脸一点血色也没有,但是表情还挺平静。

他冲我微笑,还向我伸出手来。

他的那些蜡烛全用完了。阿尔芒拿上厚厚一封信,他在写给父亲的信中,肯定透露了他这一夜的感受。

马车行驶了半小时,我们就到了蒙马特尔。

警官已经等在那里。

大家朝玛格丽特的坟墓走去。警官走在前头,阿尔芒和我一起隔了几步跟在后面。

我不时感到我同伴的手臂抖动,就好像他的全身猛然一阵颤抖。于是我就瞧瞧他;他明白我的眼神,便冲我微微一笑;不过,我们走出他的家门之后,连一句话也没有讲。

快要到那座坟墓的时候,阿尔芒站住,擦了擦满头的豆大的汗珠儿。

我也乘机停下喘口气,因为,我的心一阵紧似一阵,仿佛被老虎钳子夹住似的。

乐于观看这种场景,怎么又有痛苦之感啊!我们走到墓前时,园丁已经撤走了花盆,铁栅栏也拆除了,两个人正在刨土。

阿尔芒倚在一棵树上,两眼定睛看着。

他的双眼似乎凝聚了他的整个生命。

突然,当啷一声,有一把镐刨到了石头。

听到这一声响,阿尔芒好像触了电,身子往后一缩,还狠力抓住我的手,握得我生疼。

一名掘墓人操起一把大铁锹,一点一点将墓穴挖空,等到当中只剩下棺木上的石板盖时,他又一块一块地扔出来。

我注意观察阿尔芒,怕他神经高度紧张,别突然昏倒。不过,他两眼圆睁,一直在定睛凝视,就像处于疯癫的状态;他的面颊和嘴唇微微抽搐,表明他的神经质到了极限,就要剧烈发作了。

至于我,所能讲的只有一件事,就是我悔不该来。

等到棺木完全暴露出来了,警官就对掘墓人说:

"开棺。"

掘墓人遵命,就好像这是世间最寻常的事。

棺材是橡木做的,他们拧松棺盖上面的螺丝钉。因泥土潮湿,螺丝钉生了锈,好不容易才掀开棺盖。一股恶臭气味冲出来,尽管周围长满了芳香的花草。

"噢!我的上帝!我的上帝!"阿尔芒自言自语,他的脸色更加苍白了。

掘墓人也都往后退。

一块宽幅的裹尸布盖住尸体，显露出几道曲线。裹尸布下端完全腐烂，露出死者的一只脚。

我简直要晕过去了，就在此刻我写这几行文字的工夫，这情景还真真切切，浮现在我眼前。

"快点儿干吧。"警官说道。

于是，一个掘墓人伸出手，开始拆线，他抓住裹尸布的一角，突然一掀，暴露出玛格丽特的脸。

看着真是惨不忍睹，现在讲来也要毛骨悚然。

那眼睛只剩下两个洞，嘴唇已经烂掉了，两排白牙齿紧紧咬在一起。干枯的黑色长发贴在太阳穴上，稍微遮掩了塌下去的发绿的脸颊。然而，在这张脸上，我还是辨认出我以前常见的那张有红似白、一团喜气的面孔。

阿尔芒愣愣地注视着这张脸，无法移开目光，只是咬着送到嘴边的手帕。

我却有一种异样的感觉：我的头被一只铁环紧紧箍住，眼睛也被一条面纱覆盖，耳朵嗡嗡鸣响。我所能做的，也仅仅是打开偶然随身带着的一只小瓶，猛吸着瓶里装的嗅盐。

我处于这种头晕目眩的状态，忽听警官对杜瓦尔先生说道：

"您看人对吗？"

"对。"年轻人声音低沉地答道。

"那就合棺，抬走。"警官吩咐道。

掘墓工放下裹尸布，将死者的脸盖住，又合上棺木，每人抬起一端，向指定的地点走去。

阿尔芒没有动弹。他的眼睛还在凝视那个空空的墓穴，脸色灰白，赛似我们刚见的死尸……他简直就化为一尊雕像。

我明白痛苦因目睹之物移走而减轻，不再支撑他时会出现什么情况。

我走到警官跟前，指着阿尔芒问他：

"这位先生还有必要在场吗？"

"不必了，"警官回答我，"我甚至还要建议您，赶紧把他带走，看样子他病了。"

"走吧。"我说着，就挽起阿尔芒的手臂。

"什么？"他看着我说道，就好像不认得我了。

"完事儿了，"我又补充道，"您也该走了，我的朋友，您的脸色这么苍白,身体也发冷,再这么激动就会送命的。"

"您说得对,我们走吧。"他机械地回答,却没有迈动一步。

于是,我就抓起他的胳膊,把他拖走。

他像个小孩子,由着人领走,只是嘴里不时咕哝一句:

"您看见那双眼睛了吧。"

他转过身去,仿佛受到那种幻象的呼唤。

这工夫,他的步伐失去平稳,仿佛往前蹿动,他的牙齿也格格打战,两只手冰凉,全身神经质地猛烈颤抖。

我跟他说话,他也不应声。

他所能做的,也只是由着我带走。

走到公墓门口,我们就叫到一辆马车。真是不能再耽误了。

他上车刚坐下,浑身抖得就更加厉害,名副其实的神经发作;不过,他担心吓着我,还是用力握住我的手,低声说道:

"没什么,没什么,我只想痛哭一场。"

我听见他的胸脯起伏的声音,看到他的双眼红红的,但是还没有涌出泪水。

我给他嗅嗅刚才我用来救急的小盐瓶;我们到了他家时,他只有浑身颤抖还表现得很明显。

我由仆人协助,扶着他上床躺下,在房间生起一炉旺火,然后又跑去请大夫,并向大夫讲述了刚才发生的情况。

大夫赶来了。

阿尔芒脸色发紫,头脑已经糊涂了,结结巴巴说些胡话,唯独玛格丽特的名字还清晰可辨。

等大夫诊断完了,我便问道:"怎么样?"

"是这样,他患的恰好是脑炎,还真幸运,上帝宽恕我这么讲,因为照我看,他本来会疯癫的,幸好肉体的病痛会消除精神病痛,过一个月,他两样病也许全好了。"

第七章

阿尔芒所患的病症,还有这样一种好处:人不马上毙命,就会很快治愈。

在上述事件发生之后两周,阿尔芒病体就完全康复了,我们也结下了亲密的友谊:在他患病期间,自始至终,我几乎没有离开过他的房间。

春天已经播撒满目的鲜花、绿叶,播撒满处的鸟儿和歌声。我的朋友朝向花园的窗户欢快地打开,而花园的清新气息一直飘升到他的面前。

大夫已经准许他下床。从中午到下午两点,是阳光最暖和的时刻,我们经常坐在敞开的窗口聊天。

我特别留意,绝口不提玛格丽特,总担心病人的平静是表面的,这个名字会唤醒他的伤心回忆。然而,阿尔芒则相反,似乎乐意谈论她,不再像从前那样,一说就眼泪汪汪,而现在却面带甜甜的微笑,他这样的精神状态让我放下心来。

我早就注意到一个情况,自从上次去了公墓,他见了那场景突然发病之后,他那精神痛苦的容量,似乎全让病痛填满了,他也不再以从前的眼光看待玛格丽特的死了。眼见为实,这反倒产生了一种安慰的效果;而为了驱逐时常浮现在眼前的凄惨形象,他就沉浸到同玛格丽特交好的幸福回忆中,就仿佛再也不愿意接受别种回忆了。

高烧即使退了,身体也十分虚弱,精神上还受不了强烈的冲动;阿尔芒沐浴在大自然欢欣的春意中,他也就不由自主地想些喜兴儿的景象。

这场险些不治的大病,他执意不肯告诉家里,直到病愈,他父亲还一无所知。

一天傍晚,我们在窗口停留的时间比往常久一些。天朗气清,夕阳沉睡在蔚蓝色金灿灿的霞光中。我们虽然身处巴黎市区,但是周围草木青翠,真有与世隔绝之感,只有隐约传来的马车声,不时打扰我们的谈话。

"那年,差不多也是这个季节,也是这样一个傍晚,我认识了玛格丽特。"阿尔芒悠悠说道,他只顾听自己的心声,而不听我对他讲的话。

我没有应声。

于是,他转过身来,对我说道:

"真的,这段经历,我应该讲给您听听;您也可以把它写成书,别人不相信没关系,不过,写起来也许挺有意思。"

"过一阵您再讲给我听吧,"我对他说道,"您还没有怎么康复呢。"

"今天晚上天气挺暖和的,我又吃了鸡胸脯肉,"他对我微笑道。"而且,我也不发烧了,我们无事可干,我就全部告诉您。"

"那好,您非讲不可,我就洗耳恭听了。"

"这段经历也非常简单,我向您叙述,就按照事情的前后顺序了。您听了之后要写点儿什么,换个叙述方式就随您的便了。"

下面就是他讲述的内容,而这个感人的故事,我原原本本照录下来,只改动了几个字。

(阿尔芒把头仰在扶手椅靠背上,便讲起来:)

是的,是的,就像这样一个夜晚!白天,我和一位朋友加斯东·R一起,在乡下待了一整天,晚上回到巴黎,无事可干,我们就进了杂耍剧院。

在一次幕间休息时,我们离开包厢来到走廊,看见一位身材修长的女子走过,我的朋友还向她问候。

"您问候的那位是谁呀?"我问道。

"玛格丽特·戈蒂埃。"他回答我说。

"我觉得她变化很大,一下子没有认出来。"我说话有点儿激动,等一会儿您就会明白是什么缘故。

"她患了病,可怜的姑娘不久于人世了。"

这话我记忆犹新,就好像是昨天才听到的。

要知道,我的朋友,两年来每次相遇,我看到这个姑娘,都产生一种奇异的反应。

也不知是何缘故,我面失血色,心怦怦地剧烈跳动起来。我的一位朋友懂得秘术,称我的感觉是流体的亲和性;而我倒认为没那么玄乎,我只是命里注定,要爱上玛格丽特,这一点我有预感。

不管怎么说吧,她使我产生的反应是实实在在的,我的好几位朋友都看出来了,他们认准我这种反应从何而来时,便大笑不止。

我初次见到她,那还是在交易所广场的苏斯商店①门口。一辆敞篷四轮马车停在那里,一位身穿白衣裙的女子从车上下来。她一走进商店,便引起人们的啧啧赞叹。而我却愣住了,从她走进商店直到走出来,我就始终呆立在原地,只是隔着橱窗望着她挑选所买的物品。我本来可以进商店,可是畏葸不前。我不认识那位女子,唯恐她看出我进店的用意,会觉得受了冒犯。然而错过这次机会,我认为不可能再见到她了。

她的衣着打扮十分素雅,身穿一件镶满褶皱花边的细布连衣裙,披一条金线绣花的印度绸方巾,头戴一顶意大利草帽,只有一只手腕上戴着手镯,是当时开始流行的一条粗金链镯。

她又上车离去了。

一名店员站在门口,目送那位光艳照人的女顾客乘车驶离。我走上前去,向店员打听那位女子的姓名。

"她是玛格丽特·戈蒂埃小姐。"

我不便冒昧向他打听住址,也就离开那里。

我头脑里产生过许多幻象,而这次则不然,那倩影真真切切,我就念念不忘,到处寻找那位身穿白衣裙的绝色女子。

过了几天,巴黎喜歌剧院举行一场盛大演出。我前去观赏,看到的第一个人就是玛格丽特·戈蒂埃,只见她坐在侧面楼座的包厢里。

与我同去观看演出的那个青年也认出了她,向我道出了她的姓名,说道:"您瞧哇,那位美丽的姑娘!"

这时,玛格丽特的目光也瞥向我们这边,她看见我的朋友,便冲他微微一笑,还示意过去看望她。

"我去问候她一声就回来。"我的朋友对我说道。

我却不由自主地对他说道:

"您可真幸运啊!"

"有什么幸运的?"

"能去看望那位女士啊。"

"怎么,您爱上她啦?"

---

① 苏斯商店:十九世纪巴黎有名的妇女时装店。

"哪里，"我真不知道这话该怎么接，脸一红说道，"不过，我倒是很希望认识她。"

"那就随我来吧，我给您引见。"

"您还是先征求她的允许吧。"

"唉！何必，跟她用不着拘礼。走吧。"

他这样讲令我心里难受。我惴惴不安，真怕证实玛格丽特不配我对她产生感情。

阿尔封斯·卡尔①在一部题为"Am Rauchen"②的小说中写道，一个男子遇到一个非常漂亮的女子，一见钟情，觉得她长得太美了，每天晚上他都尾随人家。为能吻着她的手，他感到有做任何事情的力量，有征服一切的意志，也有敢于冒任何危险的勇气。当她怕弄脏而撩起裙摆，露出那迷人的小腿时，他几乎都不敢投上一眼。他正自胡思乱想，不惜一切要拥有那个女子，忽然在街角，那女子拦住他，问他是否愿意到她家去。

他扭头走开，穿过街道，神情沮丧地回到家中。

我想起了这部风俗研究的小说，本来，我就情愿为这女子吃些苦头，反倒担心她过于草草地接受我，过于匆忙地给予我打算长期等待，或者准备付出巨大牺牲才能得到的爱情。我们这些男人就是这样，总喜欢让想象把这种诗意留给感官，让肉体的欲望让位于灵魂的梦想。

总而言之，如果有人对我说："今天晚上您能得到这个女人，可是明天您就会被人杀死"，这我也肯接受。然而，如果有人对我说："付十枚路易金币，您就可以当她的情夫"，这我一定拒绝，而且会像孩子一样哭泣：那孩子夜里梦见城堡，醒来一看全消失了。

不过，我还是要同她结识，我若想知道该以什么态度对待她，这就是一种办法，甚而是唯一的办法。

于是，我就对朋友说，务必请她允许把我引见给她。我在走廊里徘徊，想象她马上要见我，而我还不知道在她的目光下应采取什么姿态。

我要对她讲什么话，也尽量事先想好。

爱情，是多么高尚的幼稚行为！

---

① 阿尔封斯·卡尔(1808—1890)：法国作家、文学评论家，尤其是幽默作家，代表作为《在椴树下》、《周游我家花园》。他在《胡蜂》杂志发表过一系列抨击路易·波拿巴的文章。
② 德文，意为"吸烟"。

不大工夫,我的朋友又下楼来。

"她等我们去呢。"他对我说道。

"她单独一个人吗?"我问道。

"还有一个女伴。"

"没有男士吗?"

"没有。"

"我们去吧。"

我的朋友朝剧院门口走去。

"唉!不是去那里。"我对他说道。

"我们去买糖果,是她向我要的。"

我们走进剧院这条街的一家糖果店。

我恨不得把整个糖果店买下来,我甚至还在看用什么装满一袋子时,却听我的朋友叫道:

"约一斤糖渍葡萄。"

"您知道她爱吃吗?"

"她从来不吃别的糖果,这谁都知道。"

"唔!"我们走出糖果店,他又接着说道,"您知道我要把您引见给什么样的女人吗?您不要想象是引见给一位公爵夫人,她不过一个由人供养的女人,完全靠人供养,我亲爱的;因此,您不必拘束,想什么就说什么吧。"

"好吧,好吧。"我结结巴巴地答道。我跟随他走去,心想我会打消自己的这种冲动。

我往包厢里走时,听见玛格丽特哈哈大笑。

我倒希望看见她满面愁容。

我的朋友把我介绍给她。玛格丽特冲我微微点了点头,随即问道:

"我的糖果呢?"

"买来了。"

她一边吃一面注视我。我脸红了,垂下眼睛。

她俯过身去,对着女伴的耳朵悄声讲了几句话,两个人便哈哈大笑起来。

毫无疑问,我是她们发笑的对象,因而,我的窘态倍增。在那段时间,我有一个情妇,是普通市民家的姑娘,人极其温柔,多愁善感,她表达的情感和情调忧伤的书信,总是引我发笑。现在通过亲身感到的痛苦,我明白

了当时给她造成了多大伤害;我对她的爱,在足足有五分钟的时间,达到了男人爱一个女人前所未有的程度。

玛格丽特只顾吃糖渍葡萄,不再理睬我了。

我的引见者不愿意让我处于尴尬的境地。

"玛格丽特,"他说道,"杜瓦尔先生一句话也没有对您讲,您不必见怪,只因您搞得他神魂颠倒,一句话也想不起来了。"

"我倒是认为,这位先生陪您来这儿,因为您一个人来怕感到无聊。"

"假如情况是这样,"我也开口说道,"我就不会求埃奈斯特先来请您准许引见我了。"

"也许,这只是一种手法,推延逃避不了的时刻罢了。"

只要跟玛格丽特这类姑娘稍微打过交道的人,就知道她们爱胡乱开玩笑,爱戏弄她们初次见面的人,这无疑是一种报复行为,报复她们往往被迫受到每天见面的男人的侮辱。

因此,要回敬她们,就必须掌握她们圈子的某种习惯,而我恰恰没有这种习惯;再说,我对玛格丽特先入为主的看法,就更夸大了她这玩笑话的分量。这个女人的一言一行,我都不会漠然置之。于是我站起身,以我无法完全掩饰的变调的声音,对她说道:

"如果您是这样看待我的,夫人,那我也就只能请您原谅我的冒昧,这就告辞,并向您保证不会再有第二次。"

说罢,我施了一礼,便出去了。

我刚关上包厢的门,就听见第三次哈哈大笑声。我真希望这时候能遇到一个人。

我回到自己的座位。

舞台上几声响,演出开始。

埃奈斯特回到我的身边。

"您也太沉不住气啦!"他坐下来对我说道,"她们以为您疯了呢。"

"我离开之后,玛格丽特说了什么?"

"她笑了一阵,还明确对我说,她从未见过您这样的怪人。不过,您也不能认输,但是有一点,对这些姑娘,您不要太当回事儿,那么认真地看待。她们不懂得什么是高雅,什么是礼貌。就像对待狗,给它们洒香水,它们还嫌难闻,跑到水沟里去打滚。"

"说到底,这跟我又有什么关系?"我尽量用一种无所谓的声调说道,"我再也不想见这个女人了。如果说在认识她之前我挺喜欢她,那么认识她之后,现在情况就完全变了。"

"唉!我可不灰心,迟早有一天会看到您坐在她的包厢里,听人说您为她倾家荡产了。当然,您怎么也有道理,她没有教养,不过也值得,那可是个漂亮的情妇。"

幸而幕布拉开,我的朋友才住了口。要我讲讲台上演的是什么,我可说不上来,只记得我不时抬头,望望我那么突然离开的包厢,看见那里随时变换着新面孔。

然而,不想玛格丽特,我远远办不到,整个心又被另外一种情感所占据。我觉得她的侮辱和我的可笑,都应当统统忘掉,心想哪怕花掉我的所有钱财,也要得到这个姑娘,我要理直气壮地占据刚才我那么匆急放弃的位置。

戏还没有散场,玛格丽特和她的女友就离开了包厢。

我不由自主,也离开座位。

"您要走了吗?"埃奈斯特问我。

"对。"

"为什么?"

这时,他发现那间包厢空无一人了。

"去吧,去吧,"他说道,"祝您好运,还不如说,祝您运气更好。"

我走出大厅。

我听见楼梯上有衣裙的窸窣声和谈话声,急忙闪避到旁边,看见两个女子由两个青年陪同走过去。

在剧院前面的柱廊下,一名小仆人上前听命。

"告诉车夫,去英国咖啡馆①门前等候,"玛格丽特吩咐道,"我们步行去那里。"

过了几分钟,我在大马路上游荡,看见玛格丽特在那家饭店一个大雅间的窗前,正倚在栏杆上,一瓣一瓣往下揪手中拿的一束山茶花。

两个青年中的一个正俯向她的肩膀,对她窃窃私语。

我走进黄金屋咖啡馆②,上二楼的大厅落座,眼睛始终盯着那扇窗户。

到了凌晨一点钟,玛格丽特同她的三位朋友又上了马车。

我叫了一辆轻便马车,在后面跟随。

前面那辆马车停在昂坦街九号。

玛格丽特下车,独自一人走进家门。

这种情况无疑是偶然的,但是这一偶然情况令我深感欣慰。

从那天起,我就在剧院,在香榭丽舍大街经常遇见玛格丽特。她总是那么欢欢喜喜,我又总是激动不已。

然而,一连过了半个月,我在哪里也没有再见到她。我和加斯东·埃奈斯特在一起的时候,便向他打听消息。

————————

①② 英国咖啡馆和黄金屋咖啡馆都是十九世纪巴黎最时髦的咖啡馆,位于意大利人大街。英国咖啡馆于一八二二年开业,有二十二个单间和雅座,其中最有名的是十六号大雅间。

"那可怜的姑娘病得很厉害啊。"他回答我说。

"她得了什么病?"

"本来她就有肺病,而过那种生活又不利于调养,结果现在卧床不起,人快死了。"

人心真是怪得很:听说她病倒了,我倒有几分高兴。

每天我都去探问她的病情,但是既不报姓名,也不留下名片。就这样,我得知她开始康复,动身去巴涅尔疗养了。

这种邂逅,还谈不上回忆,随着时间的流逝,在我的头脑里印象逐渐淡漠了。我又外出旅行,建立许多关系,养成各种习惯,还有工作,这些都取代了当初的念头,再想起那次邂逅,就认为那不过是一时冲动,人年轻时总难免,过后不久便一笑置之了。

再说,要抹掉这段记忆,也不是什么难事,因为,自从玛格丽特走后,我就再也没有见到她的踪影,正如我前面讲述的那样,她在杂耍剧院从我身边走过时,我都没有认出她来。

不错,她是戴着面纱;然而,如果在两年前,她无论戴着什么面纱,我不用瞧就能认出是她;猜我也能猜得出来。

尽管如此,我一听说是她,这颗心还是怦怦跳起来。整整两年没有见到她,而这种久违仿佛产生的效果,只要一接触她的衣裙,就烟消云散了。

第八章

　　阿尔芒停顿了一下，又接着讲下去。
　　我当即明白我仍然爱她，然而也感到自己比过去更坚强了；我渴望再同玛格丽特见面，同时也怀着一种意愿：让她看到我变得强过她了。
　　要达到心愿，必须走多少路，必须找出多少理由啊！
　　因此，我在走廊里不能久留，回到大厅的座位，迅速扫视一眼剧院，看看她在哪个包厢。
　　她独自一人，坐在楼下舞台侧面的包厢里。我对您讲过，她的样子变了，嘴唇上再也见不到那种满不在乎的微笑了。她经受了痛苦，现在还受着折磨。
　　虽然已是四月份了，她还像冬季那样，全身穿着丝绒衣裙。
　　我定睛凝视着她，终于引来了她的目光。
　　她注意望了我一会儿，又拿起观剧望远镜，好看得更清楚些，大概以为认出我来，但又不能确切说出我是谁，因为，她放下观剧镜时，嘴唇泛起一丝微笑，那是女人作为打招呼的迷人微笑，好似回应她期待于我的致意。然而，我根本没有回礼，就好像自己有权用目光追寻她似的，等她回想起来，我似乎又置于脑后了。
　　她以为认错了人，便转过头去了。
　　幕布拉开了。
　　我多次在剧院里看到玛格丽特，但是从未见她稍微留意舞台上的演出。
　　至于我，对演出也不大感兴趣，一心在想着她，但又竭尽全力不让她看出来。
　　我看见她在同对面包厢里的人交换眼色，于是，我又扭头看那个包厢，

认出那是我相当熟悉的一个女人。

那女人从前给人当过姘头,后来想进戏班子而未如愿,便依靠同巴黎风流女人的关系,从商开了一家时装店。

我在她身上找到再会玛格丽特的途径,并且抓住她朝我这边看的机会,用手势和眼色向她问好。

果然不出我所料,她招呼我去她的包厢。

这个时装店老板娘有个吉祥的名字,叫作普吕当丝·杜韦尔努瓦,①向她这类四十来岁的胖女人打听事儿,用不着拐弯抹角,想了解什么就照直问,尤其是要了解的事情,就像我要问她的这样简单:

我抓住她又同玛格丽特联络的时机,当即问她:

"您这是在注视谁呀?"

"玛格丽特·戈蒂埃。"

"您认识她吗?"

"认识。我是她的时装供货商,而她是我的邻居。"

"那么您住在昂坦大街吗?"

"住在那条大街七号。她和我的梳妆室窗户正对着。"

---

① 普吕当丝在法文中有"谨慎"之意,故曰吉祥。

"听说她是个迷人的姑娘。"

"您不认识她吗?"

"不认识,我倒很希望认识她。"

"我让她到我们包厢里来,您看好不好?"

"不好,我还是喜欢您把我引见给她。"

"去她家里吗?"

"对。"

"这就难办了。"

"为什么?"

"因为,保护她的一位老公爵,嫉妒心特别强。"

"'保护'这个词儿很妙。"

"对,保护,"普吕当丝重复道。"可怜的老人家,当她的情夫真够难为他的了。"

于是,普吕当丝向我讲述,玛格丽特在巴涅尔如何认识了公爵。

"正因为如此,"我接着问道,"她才一个人来看戏的吗?"

"正是这个缘故。"

"那么,谁送她回去呢?"

"老公爵呀。"

"怎么,他来接她?"

"过一会儿就来。"

"您呢,谁送您回家?"

"没人送我。"

"我愿意陪您。"

"可是,想必您还有个朋友。"

"那么我们愿意陪您。"

"您的朋友是什么样的人?"

"一个可爱的小伙子,人十分风趣,他会非常高兴认识您。"

"那就一言为定,这出戏演完,我们四个人就一道走,因为,最后一出戏我熟悉。"

"好吧,我去告诉我的朋友一声。"

"去吧。"

"哦!"我正要出去,普吕当丝又对我说道,"那不,公爵走进玛格丽特的包厢了。"

我的目光投过去。

果然,一个七十岁的男人,刚刚在那年轻女子的身后坐下,递给她一袋糖果。她笑吟吟的,立即抓起一把,又把袋子举到包厢前面,向普吕当丝示意,大概是问她:

"您要不要?"

"不要。"普吕当丝摇手回答。

玛格丽特收回糖果袋,转过身开始同公爵说话。

讲述所有这些小事,未免有点孩子气,但是,关系这姑娘的一切,无不鲜明地刻在我的记忆中,今天我都不由自主地想起来。

我下楼来告诉加斯东,为我们二人做了什么安排。

他接受了。

我们离开座位,上楼到杜韦尔努瓦太太的包厢。

我们刚打开楼下大厅的门,就不得不站住,让过离场的玛格丽特和公爵。

我情愿用十年的性命,换取这位老先生的位置。

公爵带着玛格丽特来到大街上,就扶她登上四轮敞篷马车,他亲自驾车,赶着两匹骏马小跑驶离了。

我们走进普吕当丝的包厢。

这出戏演完了,我们就下楼,到街上叫了一辆普通出租马车,驶到昂坦街七号。普吕当丝在家门口邀请我们上楼进屋,好让我们开开眼,瞧瞧她显然十分得意的货物。您判断得出来,我是多么痛快地接受了她的邀请。

我感到正一步一步接近玛格丽特。我很快就把话题拉到她的身上。

"老公爵在您的女邻居家吗?"我问普吕当丝。

"不在。家里大概只有她一个人。"

"那她不是太寂寞了吗!"加斯东说道。

"每天晚上,我们差不多都在一起度过,她即使出门,一回来就叫我过去。不到凌晨两点钟,她从来不上床睡觉。早上床她也睡不着。"

"为什么?"

"因为她患有肺病,几乎总在发烧。"

"她没有情人吗?"我问道。

"我每次离开她家时,从来没有见过有人留下来。当然,我也不能担保在我走之后，不会去什么人。晚上我在她家时，倒时常遇见一位德·N伯爵：他以为要多少就给她寄多少珠宝首饰，夜晚十一点钟去拜访，就能赢得人家的欢心；可是玛格丽特却讨厌见他。其实她不该这样，那个青年非常富有。我时常劝她：'我亲爱的孩子，这正是您需要的男人！'劝也白劝。一般她还能听进我的话；可是一提这事儿，她就转过身去，回答我说他太笨了。就算他笨吧，这我同意；可是跟了人家，她总归有个身份，而老公爵呢，早晚有一天要死掉。那些老家伙都自私，公爵家里人又总指责他迷恋玛格丽特：有这样两条理由，他死了什么也不会给她留下。我这样规劝她，她就回答我说：等公爵死了，再接受伯爵也不晚啊。

"照她那样生活，"普吕当丝继续说道，"也并不总觉得有意思。我就很清楚，我过不了这种生活，很快就会把老人家打发走。那老家伙也实在没趣，管她叫女儿，像对待孩子那样照顾她，还总那么监视她。我敢说就在此刻，他的一名仆人准在街上转悠，好看看有什么人从她家出来，特别是有什么人进去。"

"唉！这个可怜的玛格丽特！"加斯东感叹一声，便坐在钢琴前，弹起一支华尔兹舞曲。"这情况我还不知道，不过我看得出来，近来她不像从前那么快乐了。"

"嘘！"普吕当丝说着，便侧耳倾听。

加斯东也停止弹琴。

"我想，她是在叫我。"

我们也屏息倾听。

果然，有个声音在呼唤普吕当丝。

"好了，先生们，你们请便吧。"杜韦尔努瓦太太对我们说道。

"嘿！您就这样好客的呀！"加斯东笑道，"我们想走自然会走的。"

"我们为什么非得走呢？"

"我要去玛格丽特那里。"

"我们就在这儿等着好了。"

"这可不成。"

"那我们就随您一道去。"

"那更不成了。"

"我也认识玛格丽特，"加斯东说道，"我完全可以去拜访她。"

"可是，阿尔芒不认识啊。"

"由我引见嘛。"

"这可不行。"

我们再次听见玛格丽特的声音,她一直在呼唤普吕当丝。

普吕当丝赶紧跑进梳妆室。我和加斯东也跟了进去。她打开窗户。我们躲藏起来,不让人从外面看到。

"我叫您有十分钟了。"玛格丽特声调有点专横,从她的窗口说道。

"您叫我做什么?"

"我要您马上过来。"

"为什么?"

"因为德·N伯爵还在这儿,他烦得我要死。"

"现在我过不去呀。"

"有谁绊住您啦?"

"我这儿有两个年轻人,他们不愿意走。"

"您就对他们说,您必须出门。"

"我对他们说了。"

"那好,就让他们待在您家吧;他们等您出门之后,也就会走了。"

"等他们把我这儿搞得乱七八糟之后!"

"那他们到底要干什么呀?"

"他们要见您啊。"

"他们叫什么名字?"

"有一个您认识,就是加斯东·R先生……"

"唔!对,我认识他;另一位呢?"

"是阿尔芒·杜瓦尔先生。您不认识他吧?"

"不认识;没关系,您就带他们来吧,我见谁都比见伯爵高兴。我等着您,快点儿来吧。"

玛格丽特又关上窗户,普吕当丝也关上了这边的窗户。

在剧院时,玛格丽特曾有一瞬间想起了我的相貌,但是不记得我的名字了。我宁愿她记得我给她的坏印象。

"我早就知道,"加斯东说道,"她肯定会很高兴见我们。"

"高兴可谈不上,"普吕当丝边说边戴帽子,又搭上披肩。"她接见你们,是为了赶走伯爵,你们要设法比他讨人喜欢,要不然,我可了解玛格丽特的脾气,她会跟我翻脸的。"

我们跟随普吕当丝下楼去。

我不禁浑身发抖，就觉得这次拜访要对我的一生产生极大的影响。

我心情激动的程度，要超过在喜歌剧院的包厢把我引见给她的那天晚上。

我走到您熟悉的那套房间门口时，心就怦怦狂跳，简直六神无主了。

钢琴的一段和声传到我们的耳畔。

普吕当丝拉响了门铃。

钢琴戛然止声。

一个女子来给我们开门，她那样子不大像使女，倒像一个女伴。

我们走进客厅，又从客厅进入起居室：那时起居室的陈设同您后来所见一样。

一个年轻人身子倚着壁炉。

玛格丽特坐在钢琴前，手指在琴键上驰骋，弹几段就换一支曲子。

这一场面看来十分沉闷；造成这种局面的，就男的而言，是因其平庸而尴尬，就女的而言，是对这不速之客的厌烦。

一听到普吕当丝的声音，玛格丽特就站起身，同杜韦尔努瓦太太交换一下感激的眼神儿，便朝我们迎来，对我们说道：

"请进，先生们，欢迎你们。"

第九章

"晚上好,我亲爱的加斯东,"玛格丽特对我的同伴说道,"见到您真高兴。在杂耍剧院时,您为什么不来我的包厢呢?"

"只怕太冒昧了。"

"朋友嘛,"玛格丽特讲这个词时加重了语气,就好像要让在场的人明白,她尽管如此亲热地接待加斯东,但无论是过去还是现在,仅仅把他当作一个朋友,"朋友嘛,什么时候也谈不上冒失。"

"那么,您就允许我,把阿尔芒·杜瓦尔先生介绍给您啦!"

"我已经答应了普吕当丝。"

"何况,夫人,"我鞠了躬,说道,口齿差不多总算清楚了,"我早就荣幸地由人引见过了。"

玛格丽特那迷人的眼神似乎在搜索记忆,但是什么也没有想起来,或者说好像什么也不记得了。

"夫人,"我又说道,"我感谢您忘却了那第一次引见,因为那一次我显得非常可笑,在您看来也一定很讨厌。那是两年前的事儿,在喜剧院,我同埃奈斯特·德······在一起。"

"唔!我想起来啦!"玛格丽特又微笑着说道,"那并不是您可笑,而是我好戏弄人,现在还有一点,但是收敛一些了。您原谅我了吗,先生?"

说着,她就伸出手,我接过来吻了吻。

"不错,"她又说道,"您想想看,那时我有个坏习惯,就愿意给初次见面的人一个难堪。这种做法很蠢。我的医生说,这是因为我有神经质,身体总处于不适的状态:请相信我那医生的话吧。"

"可是,看样子您身体很好嘛。"

"唔!我大病了一场。"

"我知道。"

"谁告诉您的?"

"当时大家都知道;那时,我经常来打听您的消息,高兴地得知您的康复了。"

"您的名片,从来没有人给过我。"

"我就没有留下过名片。"

"是有个年轻人,在我生病期间天天来探问病情,又从不愿意报出姓名,难道就是您吗?"

"正是我。"

"那么您就不只是宽容,而是宽宏大量了。"她看了我一眼,女人正是用这种目光,补全她们对一个男子的看法,然后转向德·N伯爵,又补充这么一句:"这一点,伯爵,您就做不到。"

"我认识您才两个月。"伯爵辩解道。

"可是这位先生呢,认识我才五分钟。您一张口就讲蠢话。"

女人对待她们不喜欢的人,总是冷酷无情。

伯爵讨了个大红脸,他咬起嘴唇。

我真可怜他,因为,他似乎同我一样坠入情网,而玛格丽特的直率毫不留情,肯定伤得他好痛,尤其还有两个陌生人在场。

"我们进来的时候,您正在弹琴,"我想改变话题,便说道,"您就不能把我当作老熟人,接着弹下去吗?"

"唉!"她说着,一仰身坐到长沙发上,同时示意我们也坐上去,"加斯东清楚,我弹的是什么音乐。我单独和伯爵在一起的时候,弹弹还可以,但是,我不愿意让你们也受这份儿罪。"

"您这是对我特别照顾吧?"德·N先生接口说,同时微微一笑,极力显示机敏和讥讽的意味。

"您就不该指责我,这是唯一的照顾了。"

显而易见,这个可怜的小伙子一句话也不能讲了,他向眼前这位年轻女子投去十足哀求的目光。

"说说看,普吕当丝,"玛格丽特接着说道,"我求您办的事儿办了吗?"

"办了。"

"那好,等一会儿您再跟我讲讲。我们还有事儿要谈,在我没有对您讲之前,您先别走。"

"我们也一定是太冒昧了,"我于是说道,"既然我们,确切地说,既然我已经第二次引见,让您忘记第一次,那么现在,加斯东和我,我们就该告辞了。"

"绝没有这个意思;刚才这话我不是对你们讲的。恰恰相反,我希望你们留下来。"

伯爵掏出一只十分精美的怀表,看了看时间,说道:

"我也该去俱乐部了。"

玛格丽特没有应声。

于是,伯爵离开壁炉,走到她面前:

"再见,夫人。"

玛格丽特站起身。

"再见,我亲爱的伯爵,您这就要走了吗?"

"对,我担心惹您烦。"

"您今天也不见得比往日更惹我烦。什么时候再见到您呢?"

"等您允许的时候。"

"那就再见了!"

实在残忍,您也会这样认为。

幸而伯爵受过良好教育,性情又好。他只是吻了吻玛格丽特若不经意伸给他的手,又向我们颔首告辞,便离去了。

他要跨出门槛时,望了望普吕当丝。

普吕当丝耸了耸肩,那样子表明:

"有什么办法,我完全尽了力。"

"纳妮娜!"玛格丽特叫道,"给伯爵先生照亮!"

我们听见房门打开又关上的声响。

"他总算走啦!"玛格丽特返身回来,高声说道,"这个小伙子,弄得我烦透了。"

"我亲爱的孩子,"普吕当丝说道,"您对他也实在太凶了,而他对您却那么百依百顺,那么曲意逢迎。瞧,这壁炉上还有他送给您的一块表,我敢肯定,它少说也值一千埃居。"

杜韦尔努瓦太太走过去,从壁炉上拿起她谈论的精品,一边把玩,一边投入觊觎的目光。

"我亲爱的,"玛格丽特坐到钢琴前,说道,"我掂量他给我的东西,再一掂量他对我说的话,就觉得允许他来拜访,就太便宜他了。"

"那可怜的青年爱您呀。"

"如果我必须倾听所有爱我的人诉说,那么我连吃饭的时间都没有了。"

她放开手指在琴键上奔驰,继而转过身来,对我们说道:

"你们想吃点儿什么吗?我呢,很想喝点儿潘趣酒。"

"我呀,倒很想吃点儿鸡肉,"普吕当丝说道,"我们去吃夜宵怎么样?"

"好哇,我们就去吃夜宵吧。"加斯东附和道。

"不,我们就在这儿吃夜宵。"

她摇了摇铃。纳妮娜进来。

"派人去叫来夜宵。"

"都要什么?"

"你叫什么都行,但要马上送来,马上送来。"

纳妮娜领命出去。

"好了,"玛格丽特像个孩子似的,跳着说道,"我们吃夜宵。那个蠢货伯爵,也太烦人啦!"

这个女子,我越看越迷恋。她美得叫人神魂颠倒。她那瘦削的体型,甚至也别有一种风韵。

我看得心醉神迷。

我心中发生了什么变化,连我自己也说不清楚。我对她的身世满怀宽容,对她的秀美十分倾倒。而她不接受一个准备为她倾家荡产的、风度翩翩的富家子弟,表现出的这种不为金钱所动的品质,在我看来就抵消了她从前的所有过错。

这个女人身上,还保留几分天生的单纯。

看得出来,她还处于放荡生活的天真阶段。她沉稳的步伐、柔软的身姿、张开的粉红鼻孔、略带蓝眼圈的那对大眼睛,都显示出一种热情洋溢的天性,能向周围散发一种享乐的芳香,好似那种东方的小酒瓶,盖子拧得再紧,里面的酒香也要飘逸出来。

总之,不管是由于天性,还是病态的缘故,这个女子的眼中不时闪现欲望的火花,而对于她可能爱过的人来说,这种眼神无异于一种上天的启示。不过,爱过玛格丽特的人不计其数,而她爱过的人,却还数不上。

简而言之,在这个姑娘的身上,能看出她是偶然失足为娼的处女,她又会借助一点小事,就从交际花变为最多情而又最纯洁的处女。玛格丽特身上还有某种自豪感和独立性;这两种情感受了伤害,能起到羞耻心所起的作用。我一言不发,然而,我的灵魂仿佛完全进入我的心,我的心又仿佛进入我的眼睛。

"这么说,"玛格丽特又忽然说道,"我生病期间,是您常来探问我的病情啦?"

"对。"

"您应当知道,这种行为非常美好!我能做点儿什么,向您表示感谢呢?"

"允许我不时来拜访您吧。"

"您想来就来吧,每天下午五点至六点,晚上十一点至十二点,都可以来做客。对了,加斯东,您给我弹弹那支《华尔兹邀请舞曲》吧。"

"为什么?"

"首先让我高兴,其次,因为我独自一人,就是弹不好这支曲子。"

"您卡在什么地方?"

"第三部分,有升半音的那段。"

加斯东起身,走到钢琴前坐下,开始弹奏韦伯①这一优美动听的乐章,而翻开的乐谱就放在架子上。

玛格丽特一只手扶着钢琴,眼睛注视着乐谱,目光随着她低声伴唱的音符往下移;当加斯东弹到她指出的乐段时,她就一边哼唱,一边用手指敲击着琴盖。

"Ré,mi,ré,do,ré,fa,mi,ré,就是这段我弹不好。您再弹一遍。"

加斯东又弹一遍,然后,玛格丽特对他说:

"现在,让我来试试吧。"

她坐到钢琴前,开始弹奏。可是,她的手指就是不听使唤,上面列举的音符总有一个弹错。

"真叫人无法相信,"她说道,完全是一种孩子的口气,"我怎么就弹不了这段!说起来你们相信吗,就这一段,有时我一直弹到凌晨两点钟!那个蠢货伯爵,不看谱子就弹得那么美妙,我觉得,正是这一点,我一想起就要对他大发雷霆。"

---

① 韦伯(1786—1826):德国作曲家和指挥家。

　　她一遍一遍地重弹，总是同样结果。
　　"让韦伯、这支乐曲，以及钢琴，都统统见鬼去吧！"她说着，就把乐谱扔到屋子的另一端。"真不可思议，一连八个升半音我就弹不了吗？"
　　她叉起胳膊，看着我们，还连连跺脚。
　　血液涌上面颊，她一阵轻轻咳嗽，嘴唇微微张开了。
　　"瞧哇，瞧哇，"普吕当丝说道，她已经摘掉帽子，正对着镜子分梳头发，"您又要生气了，伤自己的身子，我们还是去吃夜宵吧，那样更好些，我可是饿得要命。"
　　玛格丽特又摇了摇铃，然后，她重又坐到钢琴，开始哼唱一支淫荡的歌曲，而这次钢琴伴奏却丝毫不乱。
　　加斯东也会唱这支歌，于是他们就组成了二重唱。
　　"好了，别唱这种下流小调了。"我不再拘礼，以恳求的语气对玛格丽特说。
　　"嗬！您可真纯洁高尚啊！"她微笑着对我说，同时伸手给我。
　　"不是考虑我，而是为您着想啊。"
　　玛格丽特打了个手势，用以表明："哼！我同贞洁啊，早就断绝关系了。"
　　这时，纳妮娜进来了。

"夜宵准备好了吗?"玛格丽特问道。

"马上就好,夫人。"

"对了,"普吕当丝对我说,"这套房间您还没看过,走吧,我带您去看看。"

您也知道,那间客厅布置得像仙境。

玛格丽特陪我们看了一会儿,随后她又叫走加斯东,一起到餐室瞧瞧夜宵准备好了没有。

"咦!"普吕当丝看着搁物架,从上面拿起一尊萨克森①的雕像,大声说道,"我还没见过这个小雕像呢。"

"哪一个?"

"就是这个小牧童,手里还拎着装一只鸟儿的笼子。"

"您喜欢就拿去吧。"

"唉!只怕我夺了您喜爱之物。"

"本来我就想给我的使女了,我觉得它太难看。您既然喜欢,就拿走吧。"

普吕当丝眼里只有礼物,也不在乎送礼的方式。她将那小牧童单放起来,又领我走进梳妆室,指给我看两幅对挂着的细密肖像画,说道:

"这是德·G伯爵,他曾经非常迷恋玛格丽特,也正是他把玛格丽特捧出名的。您认识他吗?"

"不认识。这一位呢?"我指着另一幅细密肖像画,问道。

"这是年轻的德·L子爵……他被迫离开了。"

"为什么?"

"因为他差不多破产了。这一位也是,爱过玛格丽特!"

"那么,玛格丽特也一定很爱他啦?"

"她这个姑娘特别怪,没人摸得透她的心思。子爵走的那天晚上,她还像往常一样去看戏,不过,等子爵离开的时候,她还是哭了。"

这时,纳妮娜进来,禀报夜宵已经摆好了。

我们走进餐室的时候,玛格丽特正靠在墙上,加斯东则拉着她的双手,对她窃窃私语。

"您疯了,"玛格丽特回答说,"您心里一清二楚,我不想接受您。像我

---

① 萨克森:德国地名。

这样一个女人，您认识都两年了，也用不着等到现在才提出当情人。我们这种人，要么当即献出身体，要么就休想沾边。好了，先生们，入座吧。"

玛格丽特挣脱加斯东的双手，让他坐到她右边，让我坐到她左侧，然后对纳妮娜说道：

"你先别忙着坐，去厨房吩咐一声，如果有人拉门铃，一律不开门。"

发下这样吩咐，已是凌晨一点钟了。

这顿夜宵，我们说笑，喝酒，吃了很多。工夫不大，欢乐的气氛就到了极限，某种圈子觉得有趣的粗话，总要脏了说者的嘴，但不时冒出来，博得纳妮娜、普吕当丝和玛格丽特的喝彩。加斯东放开了取乐，他是个心肠很好的小伙子，只是早年染上坏习惯，思想有点儿离轨。一时间，我也想麻醉自己，让自己的心和思想以无所谓的态度，去对待眼前的场面，也去分享这种欢乐，就像分享这顿夜宵的一道菜似的。然而，我又逐渐脱离了这种喧闹，我的酒杯总是满满的，可是看到这位正当妙龄的美人，像脚夫一般饮酒谈笑，越是听到不堪入耳的话笑得越欢，我的心里就不免产生了几分悲哀。

其实在我看来，这样寻欢作乐，这种谈笑和饮酒的方式，在其他客人身上，不过是生活放荡，习惯性的或者精力旺盛的宣泄，而在玛格丽特身上，则似乎是为了忘却的一种需要，是一种狂躁、一种神经质的愤激。她每喝下一杯香槟酒，面颊就多覆盖一层发烧的红晕，而刚开始吃夜宵的轻咳，时间一长就厉害起来，她的头不得不仰在坐椅的靠背上，每次咳嗽还用双手捂住胸口。

我看着心里十分难受，过度的寻欢作乐，天天在损害这种虚弱的肌体。

不出所料，我担心的情况终于发生了。夜宵临结束的时候，玛格丽特又突然一阵猛咳，是我到来之后发作最厉害的一次，她的胸口仿佛从里面撕裂开来。可怜的姑娘，一张脸涨成紫红色，痛苦得闭上双眼，拿起餐巾捂住嘴唇，而餐巾被一滴鲜血染红了。于是她站起身，跑向梳妆室。

"玛格丽特怎么啦？"加斯东问道。

"她笑得太厉害了，结果咯出血来，"普吕当丝说道，"唔！没什么关系，她天天都这样。一会儿她就回来。就让她一个人待一会儿吧，她喜欢那样。"

可是我呢，我沉不住气了，跑去找玛格丽特，也不顾普吕当丝和纳妮娜的招呼，令她们大惊失色。

第十章

玛格丽特躲进一间屋子,屋里桌子上只点着一根蜡烛。她仰身坐在长沙发上,衣裙解开了,一只手捂住胸口,另一只手耷拉下去。桌子上放着一个银面盆,半盆水中一缕缕血丝,好似大理石花纹。

玛格丽特面无血色,嘴半张着,还喘息未定。有时长吸一口气,胸脯隆起来,气吐出之后,她才略微轻松一点儿,有几秒钟的舒服感。

我走到她跟前,见她毫无表示,就在她身边坐下,握住她耷拉在沙发的那只手。

"哦!是您?"她微笑一下,对我说道。

看来我脸上的表情失态了,因而她又问道:

"怎么,您也病了吗?"

"没有。您怎么样,还难受吗?"

"还稍微有点儿难受,"她用手帕擦了擦咳出来的眼泪,"这种情况,现在我已经习惯了。"

"您这是摧残自己呀,夫人,"我声调激动地对她说道。"但愿我能是您的朋友,您的亲人,好阻止您这样糟蹋自己。"

"唉!这实在不值得您大惊小怪,"她回答说,语气中却含着几分苦涩。"您瞧,别人管我吗?他们都很清楚,谁拿这种病也没有办法。"

说罢,她就站起身,拿起蜡烛,放到壁炉上,对着镜子端详自己。

"我这张脸多苍白啊!"她说道,同时又重新扎好衣裙,用手指拢了拢散乱的头发。"嗯!好了!我们回到餐室去吧。您走不走啊?"

可是,我坐在那里不动。

她明白了,刚才的场景极大地触动了我,于是走到我面前,把手伸给我,对我说道:

"瞧您,走吧。"

我抓住她的手,送到我的唇边,而忍了许久的两颗眼泪止不住了,将她的手打湿。

"真的,您简直是个孩子!"她说着,在我身边重又坐下。"您还流泪了!您怎么啦?"

"您一定觉得我很傻!可是,刚才所见,真让我痛苦极了。"

"您的心肠太好了!有什么办法呢?我睡不着觉,总得散散心啊。再说了,像我这样的姑娘,多一个少一个,又能怎么样呢?医生都对我说,我咯出的血是从支气管出来的;我就装作相信他们的话,这也是我唯一能配合他们做的事。"

"听我说,玛格丽特,"我终于控制不住,开始诉说道,"我不知道您对我的一生会产生什么影响,而我所知道的,就是此刻我对任何人,甚至对我的妹妹,都不会像对您这样关怀。从我见到您的时候,就是这样了。好了,看在上天的份儿上,您要好好保重身体,不要再过这样的生活了。"

"我即使保重身体,还是得死的。现在,我是靠这种狂热的生活支撑着。再说了,保重身体,这对有家庭,有朋友的上流社会妇女才合适;然而,我们则不然,一旦满足不了我们情人的虚荣心或者欢乐了,就要被他们抛弃,漫漫的白天过后,又是漫漫的长夜。真的,这我深有体会,我就在病床上躺了两个月,三个星期之后,就再也没有人来探望了。"

"不错,我对您来说算不上什么,"我又说道,"但是,假如您愿意的话,我会像亲兄弟那样来照看您,守着您不离开,要把您的病治好。等到体力恢复之后,您觉得合适,再重新过这种生活;不过我确信,到了那时,您会更喜欢过平静的生活,您过那种生活会更幸福,也能保持您的容貌。"

"您今天晚上酒喝多了,伤感起来才这么想,可是您夸耀的这种耐心,不会保持多久的。"

"请允许我告诉您,玛格丽特,您病了两个月,而在那两个月期间,我每天都来探问您的病情。"

"一点不错,然而,您为什么不上楼来呢?"

"因为那时,我还不认识您。"

"跟我这样一个姑娘打交道,还用得着顾忌吗?"

"跟一位女子打交道总要顾忌,至少这是我的想法。"

"这么说,您能照看我啦?"

"对。"

"每天您都能守在我的身边?"

"对。"

"甚至每天夜晚?"

"时刻守在身边,只要您不生厌。"

"您管这叫什么呢?"

"忠心耿耿。"

"哪儿来的这种耿耿忠心?"

"来自我对您的不可抑制的好感。"

"这么说来,您爱上我啦? 讲个痛快话,这样就简单多了。"

"可能是这样,不过,有朝一日也许我要对您讲,但是今天不行。"

"您最好永远也不要对我讲。"

"为什么?"

"因为这种表白,只能有两种结果。"

"什么结果?"

"或者我不接受您,那么您就要恨我;或者我接受您,那么您就会有一个终日悲伤的情妇。一个病恹恹、神经兮兮的女人,终日愁眉苦脸,即或高兴起来,那样子比忧伤还要可悲,一个每年要耗费十万法郎的咯血的女人,只能适合于像公爵那样的老富翁,而对您这样的年轻人来说,就是个极大的烦恼了。原先所有那些年轻的情人,很快都离开了我,这便是明证。"

我默不作声,只听她讲。可怜的姑娘在放荡、酗酒和失眠中逃避现实呀,她这种近乎忏悔的直言相告,这种让我透过金色帷幔看到的痛苦生活,都给了我强烈的印象,致使我连一句话也讲不出来了。

"好了,"玛格丽特继续说道,"我们尽说些孩子话了,把手给我,我们还是回餐室吧。他们一定弄不明白,我们离席这么久是什么意思。"

"您想回去就回去吧,我还是请您允许我留在这儿。"

"为什么?"

"因为,您这样作乐太让我伤心了。"

"那好,我就拿出一副忧伤的神态。"

"听着,玛格丽特,让我告诉您一件事,而您肯定也经常听别人说过,听习惯了可能不大相信,然而,这件事的确是真的,今后我也绝不会向您重复了。"

"什么事儿啊？……"她微笑着说道，那神态活似年轻的母亲要听孩子讲傻话了。

"就是我自从见到您之后，不知道怎么回事，也不知道是什么缘故，您在我的生活中就占据了一个位置，而您在我头脑里的形象，怎么也赶不走，总是不断地再现，直到今日，已有两年没见面，今天一见到您，您在我的心里和头脑里的地位更高了；总而言之，现在您接待了我，我认识您了，了解了您的所有特殊情况，您对我来说，就变成了必不可少的人，就别说您不爱我了，哪怕您不让我爱您，我也会发疯的。"

"那您可太不幸了，我要向您引用D太太说过的一句话：您非常富有啦！您哪里知道，我每月要花费六七千法郎，而这种花费变成了我的生活必不可少的部分；我的可怜的朋友，您哪里知道，在极短的时间里，我就会把您的钱挥霍精光，而您的家要断绝对您的供应，好让您明白不能跟我这样的女人一起生活。您就像一个好朋友那样爱我吧，不要出这个格儿。您来看我，我们一同有说有笑；您不要抬高我的身价，我也没有多大价值了。您有一副好心肠，也需要得到爱，您还太年轻，太容易动感情，不宜生活在我们的圈子里。您去找一个结了婚的女子吧。您瞧，我是一个好心的姑娘，对您直言不讳。"

"好哇，躲到这里来！你们在这儿搞什么鬼呀！"普吕当丝嚷道。我们没有听到她走过来的脚步声，只见她站在房间门口，头发松散了，衣裙也解开了。我在这种凌乱中，看出是加斯东的手做的怪。

"我们谈正事儿呢，"玛格丽特回答，"再让我们待一会儿，我们就回你们那儿去。"

"好吧，好吧，你们就谈吧，我的孩子。"普吕当丝说着就抽身走开，还关上了房门，就好像要加重她话的语气。

"我们就这样讲定了，"等到只剩下他们二人时，玛格丽特又说道，"您不要爱我了。"

"那我就走得远远的。"

"这么严重吗？"

我太冒进了，已经没有退路，再说，这个姑娘也搞得我神魂颠倒。她是个快乐和忧伤、纯真和卖娼的混合体，而她的病症，又加剧了她的喜怒无常和神经狂躁，这一切都使我明白，这个生性健忘和轻浮的女子，假如我不能一开始就控制住，那么我就失去她了。

"喂,您讲这话,看来是当真啊!"她又说道。

"完全当真。"

"可是这话,您为什么没有早对我讲呢?"

"我有机会对您讲吗?"

"您在喜剧院被人介绍给我的第二天呀。"

"我认为那时我若是去看您,肯定会受到您的怠慢。"

"为什么?"

"因为头天晚上我拙嘴笨舌。"

"那倒是真的。怎么,那时候您就爱上我啦!"

"对。"

"尽管如此,您看完戏之后,还照样去睡安稳觉。我们知道,这种伟大的爱情是怎么回事。"

"唉,您恰恰弄错了。喜歌剧院演出的那天晚上,您知道我做了什么吗?"

"不知道。"

"我在英国咖啡馆门口等着您,还跟随您和三位朋友乘坐的马车,我看到您独自下车,又独自一人回家,心里非常高兴。"

玛格丽特咯咯笑起来。

"您笑什么?"

"没什么。"

"告诉我吧,我求求您了,要不然,我又要以为您还在嘲笑我。"

"说了您不会发火吗?"

"我有什么权利发火呢?"

"好吧,我那天独自一个回家,有一个很充分的理由。"

"什么理由?"

"家里有人等我。"

这句话比捅我一刀还厉害,深深刺痛了我。我站起身来,把手伸给她。

"再见。"我对她说道。

"我早就知道您要发火,"她说道,"男人简直没治了,总想了解可能使他们难过的事儿。"

"我可以向您保证,"我口气冷淡地说道,就好像要证明我治愈了恋情,永远死了那份儿心,"我可以向您保证,我并没有发火。当时家里有人等您,是完全自然的事,如同现在,凌晨三点钟我要告辞一样自然。"

"是不是家里也有人等您呢?"

"没有,不过我应该走了。"

"那好,再见。"

"您要把我打发走?"

"绝没有这个意思。"

"那您为什么给我制造痛苦?"

"我给您制造什么痛苦啦?"

"您对我说,当时家里有人等您。"

"想想我就禁不住发笑,您看见我独自一人回家就那么高兴,殊不知还有那么一个充分的理由。"

"人嘛,往往因为一种幼稚的想法而欢喜,毁掉这种喜悦,是很可恶的行为,何不让这种喜悦自行存留,也好让找到这种乐趣的人更加幸福呢!"

"怎么,您以为是同谁打交道呢?我既不是黄花闺女,也不是公爵夫人。我今天才认识您,没有义务向您汇报我的行为。就算有那么一天,我成为您的情妇,那您也应当知道,除您而外,我还有别的情人。事前,您就吃起醋来,同我大吵大闹,那么事后,真当了您的情妇,又该如何呢?我从来没有见过像您这样一个男人。"

"就因为还从来没有人像我这样爱您。"

"喏,坦白地讲,您很爱我吗?"

"我想,爱得不可能再深了。"

"这种情况,自从……"

"自从我看见您下了马车,走进苏斯时装店的那天起,算来有三年了。"

"您知道这非常美好吗?那么,这种伟大的爱情,我该如何报答呢?"

"总得给我一点儿爱吧。"我说道,而心怦怦狂跳,心慌得几乎说不出话来。因为,在整个谈话过程中,尽管她半讥讽地微笑着,我却感到,玛格丽特也开始同我一样心慌意乱了,还感到我接近了期待很久的时刻了。

"那么,公爵呢?"

"哪位公爵?"

"我那位老嫉妒鬼呀。"

"什么也不会让他知道。"

"假如他知道了呢?"

"他会原谅您的。"

"唉!不可能!他会抛弃我,到那时我该怎么办啊?"

"您为了另外一个人,就肯冒被他抛弃的危险。"

"您怎么知道呢?"

"从您的吩咐就知道了:您吩咐过,今天夜晚不接待任何人。"

"真的,不过,那是位正经朋友。"

"而您却不看重,这不,在这种时刻,您把他拒之门外。"

"您可没有资格指责我,还不是为了接待你们,接待您和您的朋友!"

我渐渐靠近玛格丽特,双手合拢搂住了她的腰,感到她那曼妙的身子轻微的重量。

"您若是知道我多么爱您该有多好!"我悄声对她说道。

"真的吗?"

"我向您发誓。"

"好吧,假如您答应,我按照自己的意愿干什么,您都不讲一句话,也不干预,也不盘问我,那么,也许我就会爱您。"

"完全听您的!"

"不过,我可有言在先,高兴做什么就做什么,我生活中的任何小事都不必告诉您。我早就在物色这样一个年轻的情人:他没有自己的意志,多情而不多疑,只要爱而不要权利。这样一个人,我始终未能找到。男人啊,本来不大敢得到一次的东西,得以长期享用、反倒不满足了,还追问他们的情妇现在干什么,过去干什么,甚至将来打算干什么。他们逐渐熟悉了情妇,就想控制了,越是给了他们想要的东西,他们就越是得寸进尺。假如现在,我决定新找一个情人,那我就要求他具备三种极为罕见的品质,即信任、顺从和谨慎。"

"好吧,我会完全成为您所希望的样子。"

"我们就等着瞧吧。"

"什么时候呢?"

"再晚些时候。"

"为什么?"

"原因嘛,"玛格丽特说着,就挣脱了我的手臂,从上午送来的一大束红茶花中抽出一朵,插进我衣服的扣眼里,"原因嘛,总不能当天就执行签

订的条约吧。"

这不难理解。

"我什么时候再见到您呢?"我说着,又紧紧搂住她。

"等这朵山茶花褪了色。"

"它什么时候褪色啊?"

"明天晚上十一点至午夜吧。您满意了吗?"

"您还问我吗?"

"我们的事儿,您一句也不要告诉您的朋友,也不要告诉普吕当丝,对谁都不要讲。"

"我答应您。"

"现在,您吻我一下,我们就回餐室去。"

她把嘴唇伸给我,然后又拢了拢头发,我们就走出房间,她边走边哼歌曲,我则乐得半疯了。

走进客厅时,她站住,悄声对我说道:

"您也许觉得奇怪,我怎么这样痛快,马上就接受了您。您知道为什么会这样吗?

"这是因为,"她拉起我的手,按到她的胸口上,让我感到她的心在剧烈地跳动,接着说道,"这是因为,我既然比别人寿命短,就决心抓紧时间生活。"

"再也不要对我这么说了,我恳求您了。"

"唉!您尽管放宽心,"她笑着继续说道,"我活得时间再短,也总比您爱我的时间要长些啊。"

她哼着歌走进餐室。

"纳妮娜去哪儿啦?"她看见只剩下加斯东和普吕当丝,便问道。

"她等着侍候您上床,就在您的卧室里睡着了。"普吕当丝回答。

"可怜的姑娘!我这是要她的命!好了,先生们,你们该走了,到时候了。"

十分钟之后,加斯东和我便离开。玛格丽特同我握手道别,让普吕当丝单独留下。

"怎么样,"我们出来之后,加斯东便问我,"您看玛格丽特如何?"

"她是个天使,我爱她爱得发疯。"

"不出我所料。您对她讲了吗?"

"讲了。"

"她给您希望会相信您的话吗?"

"没有。"

"普吕当丝可不一样。"

"她给了您希望?"

"她给的不只是希望,我亲爱的!说起来令人难以置信,她还相当不错,这个胖乎乎的杜韦尔努瓦!"

第十一章

阿尔芒讲到这里，便住了口。

"您能把窗户关上吗？"他对我说道，"我感觉有点儿冷了。趁这工夫，我上床躺下。"

我去关上窗户。阿尔芒的身体还很虚弱，他脱下便袍，躺到床上，枕着枕头稍事休息，好似长途跋涉而劳顿，或者回忆痛苦往事而沮丧的一个人。

"也许您的话说得太多了，"我对他说道，"我先走，让您睡觉好不好？改日您再给我讲完这段经历。"

"您没有听厌吗？"

"恰恰相反。"

"那我就接着讲下去；如果您走了，剩下我一个人也睡不着觉。"

阿尔芒的头脑里，所有细节都十分鲜明，他无须多想，就接着讲述：

我回到家中，没有上床睡觉，开始思考这一天的际遇。同玛格丽特不期而遇，由人引见与她相遇，她给予我的许诺，这一系列情况都突如其来，大大出乎意料，有时候我真以为做的是梦。然而，像玛格丽特这样的姑娘，答应一个提出请求的男人次日幽会，这也不是第一遭了。

我这样思考也无济于事，我的未来情妇给我的第一印象特别强烈，抹不掉也挥之不去。我还固执己见，把她看成一个与众不同的姑娘。我出于男人共有的虚荣心，总想她对我有吸引力；我对她同样，具有不可抗拒的吸引力。

按说，我眼前就有些相互矛盾的实例，我经常听人讲起，玛格丽特的爱情犹如商品，要随着季节的变化而涨价落价。

然而，她一再拒绝我们在她家见到的那位年轻伯爵，这种态度又如何同她的坏名声调和呢？您会对我说，她不喜欢那位伯爵，而她依仗公爵的供养，过着奢华的生活，只要有机会另找一个情人，那她更愿意找一个她喜欢的人。那么，加斯东又可爱，又聪明，又富有，她为什么不肯接受，仿佛偏偏要我，要一个她初次见面觉得可笑的人呢？

的确，有时一分钟发生的事，比一年的追求还见效。

几个人同席吃夜宵，唯独我见她离席而十分担心，就跟了过去，还掩饰不住慌乱的神色。我吻她手时流下了眼泪。这种情景，再加上她生病那两个月我天天去探问，她就能从中看出，我与她所认识的男人不同，也许心里就暗暗想道，她那么多次接受过，这一次也不妨接受以这种方式表达的爱，这种事对她来说，反正也无所谓了。

如您所见，这种种假设，无不有其可能性；她这次同意，不管出自什么原因，有一件事总是确实无疑的，那就是她已经同意了。

我爱上了玛格丽特，要得到她了，也就不能再向她提出任何别的要求。然而，我再向您重复一遍，她虽是个青楼女子，而我也许为了把她理想化，就极力把这种爱情视为可望而不可即的爱情，结果越是临近梦想成真的时刻，也就越发产生疑虑了。

我通宵没有合眼。

我的头脑乱成一团麻，已处于半疯狂状态。我时而觉得自己不够英俊，不够富有，不够风流倜傥，因而不配拥有这样一位女子；时而又想到能拥有她而得意洋洋。继而，我又开始担心玛格丽特不过是一时心血来潮，跟我好几天，便突然一刀两断，自己要陷入失意的痛苦，于是心想，也许晚上最好不去见她，给她写封信，表达我的担心，然后便远走他乡。我的思想忽而一转，又满怀无限的希望、无可比拟的信心了。我做起令人难以置信的未来的美梦，心想这位姑娘多亏了我，终于治好了身体上和精神上的创伤，而我和她将终生厮守，她的爱情给我的幸福，要超过最纯洁的爱情。

总而言之，我思绪万千，从心头不断涌向脑海，我不能全部向您复述，直到拂晓睡意袭来，那些思绪才逐渐消逝。

我一觉醒来，已是下午两点钟了。室外天气晴朗。回想起来，我还从未觉得生活如此美好，如此充实。昨天发生的事情，重又浮现在我的脑海中，没有一点儿阴影，也没有一点儿阻碍，还伴随着今天晚上的希望，一片喜悦的气氛。我急忙穿好衣裳。我的心情舒畅，能有最漂亮的举动。我的心在胸膛里，不时因喜悦和爱情而欢跳。我受到一种温馨的热情所鼓舞，不再考虑入睡前的种种忧虑,现在我的眼中只有结果,心中只想着我要再见到玛格丽特的时刻。

我在家里待不下去,只觉得房间太狭小,容纳不下我的幸福了,我需要整个天宇方能倾诉。

我走出家门。

我经过昂坦街,看到玛格丽特的马车正停在门前等候。于是,我又朝香榭丽舍大街走去。街上所遇之人虽不认识,我也一无例外地喜爱他们。

爱情多么使人向善!

我从马尔利群马石像走到圆点广场,又从圆点广场走到马尔利群马石像,漫步了一小时之后,我就远远地望见玛格丽特的马车:那辆马车不是我认出来的,而是推测出来的。

马车行驶到香榭丽舍大街的拐弯处,便停住了,一个年轻人离开正在谈话的一堆人,上前与她交谈。

那年轻人同玛格丽特谈了一会儿,又返身回到他朋友们的圈中,而马车又驶走了。我走近那圈人,认出刚才那年轻人就是德·G伯爵,他的肖像我见过,普吕当丝也告诉过我,玛格丽特能有今日,也是他捧起来的。

昨天夜晚,玛格丽特吩咐闭门拒纳的也正是他。我猜想她停下马车,就是要向他解释拒纳的原因,我还希望她同时也找好新的借口,今天夜晚也不接待他。

这一天余下的时间,我就稀里糊涂地度过了:我随便转悠,抽抽烟,跟人闲谈,可是我讲了什么,遇到了什么人,到了晚上十点钟,我就一点儿也回想不起来了。

我所能回想起来的,就是我回到家中,花了三个钟头打扮自己,瞧我的挂钟和怀表不下百余次,只可惜两者走得同样慢。

敲了十点半钟的时候,我心里就想道:该是动身的时候了。

当时我住在普罗旺斯街:我沿着勃朗峰街走,穿过林荫大道,再过了路易大帝街,便是马翁港街,最后到达昂坦街。我望了望玛格丽特的窗户。房中亮着灯光。我拉响门铃。

我问门房,戈蒂埃小姐是否在家。门房回答我说,十一点乃至十一点一刻之前,她绝对回不来。我瞧了瞧怀表。我还以为缓步走来,其实从普罗旺斯街到玛格丽特家,我仅仅用了五分钟。于是,我就在这条没有店铺,此刻也没有行人的街上溜达。

过了半小时,玛格丽特的马车到了。她下了车,游目四望,就好像要找什么人。

马厩和车库不在室内,马车缓慢地驶开了。就在玛格丽特要拉门铃的当儿,我走上前,对她说道:"晚上好。"

"哦!是您吗?"她对我说道,那口气似乎不大高兴在街上见到我。

"您不是允许我今天来拜访您吗?"

"不错,这事儿我给忘了。"

这句话把我凌晨的全部思索、一天的全部希望,统统推翻了。然而,她这种待人接物的方式,我开始习惯了,并没有走开;换了从前,我肯定掉头就走了。

我们进了门。

纳妮娜事先就把房门打开了。

"普吕当丝回家了吗?"玛格丽特问道。

"没有,夫人。"

"你去说一声,让她一回家就过来。你先把客厅里的灯熄掉,如果来了人,你就回答说我没有回来,也不会回来了。"

这个女人,显然有什么思虑,也许讨厌一个不速之客。我不知道该拿出一副什么表情,讲什么话才好。玛格丽特向卧室走去,而我还愣在原地。

"来呀。"她招呼我。

她摘下帽子,又脱下丝绒长外套,全扔到床上,然后仰身倒在一张安乐椅上,靠近一直燃到初夏的炉火。她一边摆弄着表链,一边对我说:

"怎么样,有什么新鲜事儿讲给我听吗?"

"没有,除了今天夜晚我不该来。"

"为什么呀?"

"就因为看样子您不高兴,恐怕是我惹您厌烦了。"

"您并没有惹我厌烦;我不过是病了,今儿一整天都不舒服,昨晚没睡着觉,头疼得要命。"

"要不要我走开,好让您躺到床上休息?"

"唉!您尽可以留下,我要想躺下,在您面前也完全可以躺下来。"

这时有人拉门铃。

"又有谁来啦?"她说道,又不耐烦地摆了摆手。

过了一会儿,门铃又响了。

"怎么,没人去开门,还得我亲自去开了。"

她果然站起来,对我说道:"您等在这儿吧。"

她穿过套间,我听见她打开房门。——我侧耳细听。

她开门让进来的那个人停在餐室里。刚讲两句话,我就听出来者是年轻的德·N伯爵。

"今天晚上,您身体好吗?"他问道。

"不好。"玛格丽特冷淡地回答。

"我打扰您了吧?"

"也许是吧。"

"您怎么这样接待我呢?我哪点儿冒犯您了,我亲爱的玛格丽特?"

"我亲爱的朋友,您丝毫也没有冒犯我。是我病了,要躺下休息,因此,您离开就会让我高兴的。每天晚上我回家刚五分钟,没有一次不看到您,这实在让我受不了。您到底要怎样呢?要我做您的情妇吗?我对您说过了上百遍,不行,您烦得要命,还是到别处去找吧。今天,我向您重复最后一遍:我不接受您,就这样定了。再见,哦,纳妮娜回来了,要她给您照亮。晚安。"

玛格丽特不再多讲一句话,也不听那年轻人结结巴巴说什么,返身回到自己的房间,啪的一声把门关上;几乎前后脚,纳妮娜也进来了。

"你给我听着,"玛格丽特对她说道,"以后一见是那个蠢货,你就说我不在家,或者说我不愿意接待他。到头来我烦透了,总看见一些人来向我提同样的要求,他们给我点儿钱;就以为同我两清了。干我们这种可耻行当的女人,如果一开始了解是怎么回事,她们就会宁愿去当仆人。当初哪里知道啊:虚荣心牵着我们鼻子走,要漂亮衣裙,要马车,要钻石首饰。人总是相信听到的话,因为,为娼也有其信念,而我们逐渐耗损了自己的心力、肉体和姿色。别人像见到猛兽那样惧怕我们,像对待贱民那样鄙视我们,围着我们打转的人,总想多捞取,少付出。我们毁了别人之后,也毁了自己,最后总有那么一天,就像条狗似的死掉。"

"好了,夫人,您冷静一下吧,"纳妮娜说道,"今天晚上,您的精神太糟糕了。"

"这条衣裙我穿着不舒服,"玛格丽特又说道,她用力扯胸衣,硬把褡扣扯开,"给我拿来一件浴衣。咦,普吕当丝呢?"

"她还没有回来,等她一回家,就会打发她来见夫人。"

"喏,她也算上一个,"玛格丽特接着说道,她边说边脱下衣裙,换上一件白色浴衣,"她也算上一个,她需要我的时候,总能找到我,让她帮我忙就不痛快了。她明知道今天晚上,我等着这个答复,我需要这个答复,一直担心呢;我敢肯定她到处乱跑,没有把我的事儿放在心上。"

"也许她被人拖住了。"

"给我们调点儿潘趣酒来。"

"您又要伤自己的身体。"纳妮娜说道。

"那才好呢。再给我拿来水果、馅饼或者鸡翅,马上端上点儿东西来,我饿了。"

这个场面给我造成的印象,就没有必要对您讲了;您猜得出来,对不对?

"您同我一起吃夜宵吧,"她对我说道。"在等着这工夫,您拿本书看看,我去梳洗一下。"

她点燃了枝形大烛台上的蜡烛,推开靠床尾的一扇门,闪身不见了。

而我呢,我开始考虑这个姑娘的生活,我的爱又因怜悯而增加了。

我一边思考,一边在屋里大步走来走去,忽见普吕当丝进来了。

"咦!您在这儿啊?"她对我说道,"玛格丽特在哪儿呢?"

"在她的梳妆室。"

"我得等她。喂,她觉得您挺可爱,您原先知道吗?"

"不知道。"

"她没有向您透露一点点儿吗?"

"一点儿也没有透露。"

"您怎么在这儿呢?"

"我来拜访她呀。"

"深更半夜?"

"有何不可?"

"开玩笑!"

"她接待我的态度甚至很不好。"

"她会很好款待您的。"

"您这样认为?"

"我给她带来了喜信。"

"这倒不赖。怎么,她跟您提起过我?"

"昨天晚上,确切地说,昨天夜里,您和您的朋友走之后……对了,您那位朋友,他怎么样啦?他叫加斯东·R吧,我想,大家是这么称呼他的吧?"

"对。"我答道,同时不禁微微一笑,想想加斯东对我讲的知心话,再看看普吕当丝连他的名字还不大清楚,实在好笑。

"那小伙子,挺可爱的,他是干什么的?"

"他有两万五千法郎的年金。"

"啊!真的呀!对了,还是来谈您吧,玛格丽特向我了解您的情况:她问我您是什么人,做过什么事儿,有过什么样的情妇。总之,凡是有关您这样年龄的男人的事儿,她全问到了。我知道的情况也全对她讲了,还加上一点,说您是个可爱的小伙子。就是这些。"

"多谢您了。现在,您能不能告诉我,昨天她委托您去办什么事。"

"没办什么事,就是要把伯爵打发走,这是她说的。不过今天,她倒托我办一件事,今天晚上,我就是带给她回音的。"

这时,玛格丽特从梳妆室里出来,戴着睡帽又添了几分娇媚:那顶睡帽缀着许多黄色缎带,专门术语叫作甘蓝形缎结。她这样打扮非常迷人。她两只脚赤裸着,穿着一双缎子拖鞋,手指甲也修剪好了。

"怎么样,您见到公爵了吗?"她一见普吕当丝,便问道。

"这还用问!"

"他对您怎么说?"

"他给了我了。"

"多少?"

"六千。"

"您拿到手啦?"

"对。"

"他那样子有没有不高兴?"

"没有。"

"可怜的人。"

可怜的人!玛格丽特讲这句话的口气难以描摹,她接过六张一千法郎的钞票。

"还真及时啊,"她说道。"我亲爱的普吕当丝,您缺钱用吗?"

"您也知道,我的孩子,再过两天就到十五号了,您若是能借给我三四百法郎,就是救我的急了。"

"明天上午的吧,今儿太晚了,没法儿换小票了。"

"千万别忘了。"

"放心吧。您同我们一起吃夜宵吗?"

"不了,夏尔还在我家等着我呢。"

"您还一直这么迷恋他?"

"神魂颠倒啊,我亲爱的!明天见,再见,阿尔芒。"

杜韦尔努瓦太太走了。

玛格丽特打开壁橱,将几张钞票扔进去。

"您允许我躺下吗?"她微笑着问道,同时朝床铺走去。

"我不但允许,还要请求您躺下呢。"

她掀起镶有镂空花边的床罩,扔到床尾,便躺下来。

"现在,"她说道,"您就坐到我身边,我们聊聊吧。"

普吕当丝说中了:得到她带来的答复,玛格丽特果然高兴起来。

"今天晚上我脾气很坏,您能原谅吧!"她拉起我的手,对我说道。

"再有多少回,我都能原谅。"

"这么说您爱我啦?"

"爱得发疯。"

"也不顾我这坏脾气?"

"什么也不顾。"

"您向我发个誓!"

"好,我发誓。"我对她低声说道。

这时,纳妮娜走进屋,端来几只餐盘、一只冷鸡、一瓶波尔多葡萄酒、一些草莓和两副餐具。

"我没有吩咐给您调潘趣酒,"纳妮娜说道,"波尔多葡萄对您更合适。对不对,先生?"

"当然了。"我答道,心情因听了玛格丽特刚讲的话还激动不已,火热的目光凝视着她。

"好了,"玛格丽特说道,"全放到小桌上,再把桌子挪到床边,我们不用侍候了,你一连熬了三个夜晚,一定困得很,你就去睡觉吧;我什么也不需要了。"

"房门要锁上双道吗?"

"我看有此必要!要特别吩咐一声,明天中午之前,不接待任何人。"

第十二章

清晨五点钟,曙光初现,透过了窗帘,玛格丽特便对我说:
"你得原谅我要赶你走了,非走不可。公爵每天早晨都过来。他来的时候,听仆人说我正在睡觉,也许他要一直等到我睡醒了。"

我双手捧起玛格丽特的头,她的秀发从四周披散下去,最后吻她一下,问道:

"什么时候再同您见面?"

"听我说,"她答道,"壁炉上有一把镀金小钥匙,你拿去开这扇房门,放回来再走。白天,你会收到我一封信和指示,要知道,你必须盲目地服从我。"

"是的,那么,我能向你要点儿什么东西吗?"

"什么东西?"

"这把钥匙给我。"

"你要的东西,我还从来没有给过任何人。"

"那就为我破个例吧,我敢对你发誓,谁也不像我这样爱你。"

"好吧,就留在你手上,不过,我可先告诉你,这钥匙有没有用,完全取决于我。"

"为什么?"

"门里还有插销呢。"

"真够狠心的!"

"那我就叫人拆掉。"

"看来,你真有几分爱我啦!"

"我也不知道是怎么搞的,只是觉得是这么回事。现在你走吧,我困了。"

我们又拥抱了一会儿,我这才离去。

街上空荡荡的,这座大都市还没有睡醒。这个街区现在微风习习,十分清爽,过几小时就要人声嘈杂了。

我就感到,这座还在酣睡的城市是属于我的。我搜寻记忆,回想我曾艳羡过福运的那些人的名字,可是想到哪一个,也认为还不如我幸运。

赢得一个贞洁少女的爱,成为头一个向她揭示爱情奥妙的人,这当然是一种巨大的福运,但又是最简单不过的事情。夺取一颗未受过异性进攻的心,无异于进入一座没有设防、城门大开的城市。一个人所受的教育、责任感和家庭,都是十分坚定的哨兵,但是哨兵无论怎样警惕,也都逃不过一个十六岁少女的欺骗:须知大自然通过她心爱的男子的声音,向她提出爱情的最初建议,而且这些建议越是显得纯洁,就越具有火热的威力。

同样,少女越相信善,就越容易失身,即使不投入情人的怀抱,至少也投入爱情的怀抱,因为她没有戒心,也就没有防范的力量,赢得她的爱,是任何一个有些意愿的男子都能赢得的胜利。这种情况千真万确,瞧瞧少女们的周围,监视和防范多么森严!然而,修女院的围墙怎么也不够高,母亲安的闺房门锁怎么也不够牢,宗教定的规范怎么也不够严密,根本关不住那些可爱的小鸟儿,甚至无须用鲜花引诱,她们也要逃出笼子。她们多么向往人们掩饰不让她们看的人世,又该多么相信这人世特别诱人,因此,她们多么愿意倾听最先透过笼子的隔柱、向她们讲述人世奥秘的声音,多么愿意祝福最先撩起神秘幕布一角的那只手。

然而,真正得到一个妓女的爱情,那是异常难于获得的胜利。在她们身上,肉体损耗了灵魂,感官烧毁了心,放荡麻木了情感。别人对她们讲的话,她们早已熟知,别人使用的手段,她们全领教过,就是被她们激发出来的爱情,也已经被她们出卖了。她们的爱是行业行为,而不是情感的冲动。她们以精打细算来守护自身,比母亲和修女院看管一名处女还有效;因此,她们造出"逢场作戏"一词,来界定她们有时不为赚钱而付出的情爱,并把这当作休憩,当作遁词或者安慰,就像那些高利贷者所为:高利贷者盘剥成千上万的人,忽然有一天借给要饿死的穷鬼二十法郎,不收利息也不要借据,以为这样就补偿了全部罪过。

再者,上帝果真允许一名妓女产生了爱情,那么,初看好似一种宽恕的这种爱情,最后几乎总要变成一种对她的惩罚。没有悔罪,哪儿来的恕罪。整个过去都要自责的女人,突然感到深深坠入不可抗拒的真爱情网,萌生了她从不敢相信的爱情,她又承认了这种爱,那么,她爱上的那个男人就要牢牢控制她!那男人自以为是个宝贝,有权残忍地对她说:"比起您为金钱所做的,您为爱情并没有多做什么!"

于是,她们就不知道如何证明自己的真情了。有这样一则寓言:一个儿童在田野里总喊"救命啊!"以惊扰农夫们为乐;终于有一天,他被一头熊给吃了,因为经常受他捉弄的那些农夫,不知道他这次是真呼救了。同样,那些不幸的女子真心爱的时候,也碰到这种情况。她们的谎言不计其数,再也没有人相信了,因此,她们就在愧疚中,被自己的爱情所吞噬。

由此而产生那种忠贞不渝的感情、退隐苦修的行为,有些人的确做出了表率。

不过,激发出这样赎罪爱情的男子,如果有一颗能接纳她的宽容之心,而不去回顾她的过去,如果他投身到这场爱情中,终于像对方爱他那样去爱对方,那么,这个人就会一下子享尽人世的全部激情,他的心就要封闭而拒纳任何别的爱情了。

这种种想法,并不是那天早晨我回家时产生的,当时仅仅预感到自己要有的遭遇;而我尽管爱玛格丽特,一时也不能看出类似的结果。这些想法,今天才产生。正因为一切都无可挽回地结束了,已经发生的事情,就自然而然引发了这种思考。

还是回到我们两情相悦的第一天吧。我回到家中欣喜若狂。一想到我的想象在我和玛格丽特之间设置的障碍已然消失,一想到我拥有了她,在她头脑里占了一席之位,一想到我兜里装着她的家门钥匙,还有权使用,我对生活就心满意足,洋洋自得,我也热爱让这一切实现的上帝。

有一天,一个年轻人走在街道上,同一个女子擦肩而过,他瞥了那女子一眼,随即扭过头来走开了。那女子同他素昧平生,她的欢乐、忧伤和情爱,都与他毫无关系。她并不知道他的存在,如果他上前搭话,人家还可能讥笑他,就像玛格丽特曾经对待我那样。几周、几个月、几年的时间流逝过去,他们各走自己的命运之路,生活在不同的范围里,不料天缘巧合,他们又突然相聚重逢了。那位女子成为那个男人的情妇,而且爱他。何以如此?为什么如此?他们二人的生存合而为一了,而且亲密的关系刚刚建立起来,他们就觉得一直存在,此前的一切经历,从这对情侣的记忆中化为乌有了。应当承认,这种现象很有意思。

就说我吧,昨天之前我是怎么生活的,我再也不记得了。我的整个身心都处在亢奋状态，总在回味头一个夜晚交谈的话。要么玛格丽特骗术极高，要么她对我突然有了一种强烈的爱情，而这类强烈的爱，从第一吻就突然显现出来，但有时又会忽生忽灭。

我越深入思考，就越感到玛格丽特如无感情，毫无理由假装爱我，我也越觉得女人有两种爱的方式，即用心去爱，或用感官去爱，而两种方式互为因果。一个女人找一个情夫，往往只是顺从感官的意愿，不料却了解到非物质之爱的奥秘，仅仅靠心灵来生活了。一位少女在婚姻中，只想追求双方纯洁情爱的结合，还往往突然发现肉体的爱，即心灵最纯洁感受导致的有力结论。

我在浮想联翩中进入梦乡，后来又被人叫醒，送来玛格丽特的一封信。信的内容如下：

  这是我的吩咐：今天晚上去沃德维尔滑稽歌舞剧院。第三次幕间休息时过来。

玛·戈

我把这张便笺收藏在抽屉里，手头总有个真凭实据，心生疑虑时拿出来瞧瞧，因为我动不动就生疑。

她没有让我白天去看她，我就不敢贸然闯去。但是，我强烈渴望在夜晚之前遇见她，于是去了香榭丽舍大街，果然同昨天一样，看见她乘马车经过那里，还从车上下来过。

到了晚上七点钟，我走进滑稽歌舞剧院。

我看戏从未来过这么早。

观众陆续入场，所有包厢都坐满了，只剩下一间还空着，即楼下侧面的那间包厢。

第三幕开始时，我听见那间包厢的门打开了，我几乎目不转睛盯住那里，果然看见玛格丽特露面了。

她随走到包厢前面，游目搜索观众大厅，看见了我，便用目光向我致谢。

那天晚上，她光艳照人。

她如此娇媚，是为了我打扮的吗？她爱我真的到了这样的程度，能相信我越觉得她美就越幸福吗？我还不得而知；不过，如果这是她的本意，那她的确成功了，刚一露面，就吸引去如潮涌动的目光，连台上的那名男演员也朝她看去,奇怪她一出现就引起了观众的骚动。

我有这个女人房间的钥匙,过三四个小时,她又将属于我了。

人们指责一些人为了女伶和姘头而倾家荡产,但令我诧异的是,那些人对她们并不是爱得怎么发狂。必得像我这样的人,经历了这种生活之后才了解,她们每天让情人得到满足的小小虚荣心,多么牢固地将情人对她的爱焊在心上。——我们用爱的字眼儿,只因找不出别的词来。

随后,普吕当丝也在包厢里落座,还有一个男人坐到后面,我认出是德·G伯爵。

看到他,一股寒气袭入我的心头。

毫无疑问,玛格丽特发觉那男人在她的包厢给我造成的影响,因而又冲我微微一笑,还背对着伯爵,仿佛聚精会神地看演出。到了第三次幕间休息,她回身对伯爵讲了两句话,伯爵便离开包厢。于是,玛格丽特便招呼我过去看她。

"晚上好。"她见我走进包厢,一边伸出手来,一边对我说道。

"晚上好。"我回答,同时问候玛格丽特和普吕当丝。

"请坐吧。"

"我这不是占了别人的位置了。怎么,德·G伯爵先生不回来吗?"

"还回来,我打发他去买糖果了,我们好能单独谈一会儿,杜韦尔努瓦太太是自己人。"

"是的,我的孩子们,"杜韦尔努瓦太太说道,"我什么也不会讲出去。"

"今天晚上您怎么啦?"玛格丽特说着,就站起身来,走到包厢的暗处,吻了吻我的额头。

"我有点儿不舒服。"

"那您就该去睡觉。"她接口说道,那种讥笑的神态,同她聪明伶俐的脑袋相得益彰。

"睡在哪儿?"

"睡在您家里嘛。"

"您明明知道,我回家睡不着。"

"那好,您就不要因为看见我包厢里有个男人,就来跟我们撅嘴赌气。"

"不是这个缘故。"

"算了,我还看不出来,您这样就错了。好了,这件事儿我们不说了。

等戏散了场,您就去普吕当丝家,一直等到我叫您。听明白了吗?"

"听明白了。"

我能拒不遵命吗?

"您一直爱我吗?"她又问道。

"这您还问我!"

"您想我了吗?"

"一整天都在想。"

"您知道我特别怕爱上您吗?您还是问一问普吕当丝吧。"

"噢!"那个胖姑娘答道,"可真烦死人了。"

"现在,您回自己座位上去;伯爵要回来了,没必要让他在这里碰见您。"

"为什么?"

"因为您见到他,会感到不舒服的。"

"那不会。只不过,您若是早点儿跟我说一声,渴望今晚到沃德维尔剧院看戏,我完全也可以像他一样,向您提供这间包厢。"

"只可惜,我没有提出来,是他主动送给我的,并表示愿意陪我看戏。您完全清楚,我不能够拒绝。我所能办到的,就是给您写信,说我去哪里,好让您见到我,因为我本人也乐意早点儿见到您。既然您是这么感谢我的,那么我就记住这个教训了。"

"是我不对,请您原谅。"

"好吧,乖乖地回到您的座位上去,千万注意,别再摆出一副吃醋的样子。"

她再次吻了吻我,我就离开了。

在走廊里,我遇见回来的伯爵。

我回到自己的座位上。

说到底,德·G先生在玛格丽特的包厢里,根本不算什么事儿。他当过她的情人,买了包厢票陪她看戏,这是极其自然的事情。我既然找玛格丽特这样的姑娘当情妇,那就必须接受她交往的习惯。

尽管这么考虑,这个晚上后半段时间,我心里还是非常痛苦,而且散戏后看见普吕当丝、伯爵和玛格丽特一同登上在剧院门口等候的马车驶走,我离开时心里十分酸楚。

然而,一刻钟之后,我就来到普吕当丝家中。她也刚刚到家。

第十三章

"您来得够快的,差不多赶上我们了。"普吕当丝对我说道。

"对,"我不假思索地答道,"玛格丽特在哪儿?"

"在她家呢。"

"就她一个人吗?"

"跟德·G先生在一起。"

我在客厅里大步踱来踱去。

"喂,您这是怎么啦?"

"让我在这儿等着德·G先生离开玛格丽特的家,您以为我觉得好玩吗?"

"您怎么也不讲情理。要明白,玛格丽特不能把伯爵赶出门。德·G先生同她交往已有很长时间,一直大量供给她钱,现在还给她呢。玛格丽特每年要开销十多万法郎,她负了不少债。她要多少公爵就给她多少钱,但是她不敢需要多少就向他要多少。她怎么也不能同伯爵闹翻,人家每年至少给她一万法郎。玛格丽特很爱您,我亲爱的朋友,但是,考虑她的利益和您的利益,您同她的关系就不要太认真了。以七八千法郎的年金,根本维持不了这个姑娘的奢华生活,恐怕都不够她的车马费。您还是原本原样接受玛格丽特吧,承认她是个聪明美丽的好姑娘,当她一两个月的情人,送给她鲜花、糖果和剧院包厢票;其余的什么都不要考虑,不要争风吃醋,向她耍那种可笑的小脾气。您完全清楚是同什么人打交道,玛格丽特可不是什么贞洁的女子。她喜欢您,您也很爱她,其余的事您就不必计较了。您动不动就犯小性子,我倒觉得蛮可爱的!您有巴黎最惹人喜欢的情妇呀!她在豪华的住宅里接待您,她戴满钻石首饰,您只要愿意,连一文钱都不用出。这您还不知足,活见鬼!您也太贪心啦!"

"您说得有理,可是我控制不住自己,一想到那个男人是她的情夫,我就痛苦得要死。"

"首先,"普吕当丝又说道,"他还是她的情夫吗?他不过是她用得着的一个男人。

"有两天玛格丽特不让他进门了;今天上午他又来了,玛格丽特没法儿,只好接受他的包厢票,由他陪着看戏。现在,他又把她送回家,上楼坐一会儿,不会留下的,因为还有您在这儿等着呢。我觉得这一切都很自然。再说了,公爵,您不还是容忍了吗?"

"对,不过,那是一位老人,我肯定玛格丽特不是他的情妇。而且,容忍一种关系往往还行,容忍不了两种关系。什么都随便容忍,就太像有图谋了,而一个男人,即使出于爱情同意这样做,也接近那些卑下的人:他们以这种通融谋生,并以这种行当获利。"

"唉!我亲爱的,您也太古板啦!我见过多少人,身份都是最高贵的,又都是最风流、最富有的人,他们都做了我劝您做的事儿,这么做也毫不费劲,不感到羞耻,也没有愧疚之感!其实,这种情况每日可见。巴黎这些青楼女子,每人如果不是同时有三四个情夫,您让她们怎么维持那种生活排场呢?一个情夫,不管多么富有,独自一人也供养不起像玛格丽特这样一个女人的花销。有五十万法郎的年金,在法国就是巨富了;可是,我亲爱的朋友,五十万法郎的年金,也支撑不下来,给您说说为什么:一个有这种收入的人,肯定有一座像样的宅邸,还有马匹、仆人、车辆,还要打猎,交朋友;他往往还结了婚,生了孩子,还要赛马、赌博、旅行,我也不知道还有什么名堂!所有这些习惯都已经根深蒂固,如果放弃了,势必闹得满城风雨,让人以为破产了。总而言之,一个人每年有五十万法郎的收入,年内花在一个女人身上的钱,也不能超过四五万法郎,而且这已经就很多了。因此,这个女人每年的花销,就由别的相好来补足。玛格丽特的境况就好多了,也是上天显灵,让她碰到一个有千万家产的老富翁:他的妻子女儿都已去世,有几个甥侄也都很有钱。那老富翁对玛格丽特有求必应,还不要任何回报;然而,她每年向老人要的钱不能超过七万,如果她想多要一些,我敢肯定,老人虽然富有,虽然和她情同父女,也还是要拒绝的。

"在巴黎,仅有两三万年金的年轻人,也只能勉强维持他们在交际圈的生活,他们都非常清楚,一旦成为玛格丽特这种女人的情人,他们的钱连付她的房租和仆人的工钱都不够。但是,他们装作视而不见,并不对她说出他们知道这种情况,他们觉得玩腻了,就一走了事。假如受虚荣心的驱使,他们想满足她的全部需要;那么他们就跟傻瓜一样,弄得倾家荡产,留下十万法郎的债务逃离巴黎,跑到非洲去丢掉性命。您认为那个女人会因此感激他们吗?没那回事儿。而且恰恰相反,她还要说为了他们,她牺牲了自己的身价,同他们在一起时她倒贴了钱。哼!所有这些详情细节,您认为说起来挺可耻的,对不对?但这些毕竟是事实。您是个可爱的小伙子,我是完全由衷地喜欢,而我在靠人供养的女人圈中生活了二十年,知道她们是什么样的人,有多高身价,我不希望看到您对一个漂亮姑娘的一时情感太认真了。"

"此外,"普吕当丝继续说道,"就算玛格丽特非常爱您,而公爵一旦发现时,要求她在您和他之间做出选择,她就断绝同伯爵和公爵的关系,那么毫无疑问,她为您做出的牺牲十分巨大。可是您呢,能为她做出什么对等的牺牲吗?等到您对这种关系感到厌腻了,不愿意再维持下去时,那么您又拿什么去补偿给她造成的损失呢?根本补偿不了。您让她脱离了本可以保证她的财富和未来的社会圈子,让她把最美好的年华奉献给您,然后就把她遗忘了。或者您是个凡夫俗子,分手时就翻她的老账,还对她说,您的行为同她其余的相好没有区别,看着她不可避免地陷入苦难也丢下不管;或者您是个正人君子,认为无论如何也得把她留在您身边,您本人也不可避免地陷入不幸的境地,因为这种关系,是个年轻人还情有可原,对成年人来说就不可原谅了。这种关系成为一切的障碍,成不了家,立不了业,而成家立业,乃是男人第二次和最后所爱。请相信我吧,朋友,实事求是地对待事物,也实事求是地对待女人,无论在哪一方面,您都不能让一名妓女有权声称是您的债主。"

普吕当丝这番话讲得入情入理,逻辑性也出乎我的意料。我无言以对,只能承认她的话有道理。我伸手给她,感谢她给我的忠告。

"好了,好了,"普吕当丝对我说道,"这些烦人的论调,都赶得远远的;笑起来吧,生活是美妙的,我亲爱的,只看人戴什么眼镜观察了。对了,去问问您的朋友加斯东吧,他给我的印象,是以我这样的方式去理解爱情的。您应当深信,这旁边就有一位美丽的姑娘,她焦急地盼望在她家的那个男人快点儿离去,我肯定她在想着您,她爱您,要同您度过这一夜,您若是不深信这一点,可就一点儿也不懂得情趣了。现在,跟我到窗口来,瞧着伯爵不久就要走开,让位给我们了。"

普吕当丝打开一扇窗户,我们就并排凭栏观望。

她望着街上寥寥无几的行人,而我则陷入沉思。

她对我讲的这番话在我的头脑里翻腾,我不能不承认她讲得有理;然而,我对玛格丽特的这份由衷的爱,很难同这种道理合拍。因此,我不时就叹息一声,引得普吕当丝扭过头来,还耸耸肩膀,就像拿患者没办法的一位医生。

"人的感受这样瞬息万变,"我心中暗道,"就发觉人生该有多么短暂!我认识玛格丽特才两天,而她从昨天起才成为我的情妇,她就这样完全占据了我的思想、我的心和生命,连那个德·G伯爵去拜访,都造成了我的不幸。"

伯爵终于走出去,又登上他的马车,驶远不见了。普吕当丝关上窗户。

与此同时,玛格丽特就招呼我们。

"快点儿过来,"她说道,"咱们一起吃夜宵。"

我一走进屋,玛格丽特就冲过来,一下搂住我的脖子,把劲儿全使出来吻我。

"咱们还一直赌气吗?"她对我说道。

"不了,完事儿了,"普吕当丝回答,"我给他讲明了道理,他也答应学乖点儿。"

"这就好哇!"

我不由自主地瞥了一眼,看到床铺没有弄乱;再看玛格丽特,她已经换上了白色睡衣。

我们围着餐桌坐下。

娇媚、温柔、热情,玛格丽特全具备,有时我不得不承认,我没有权利向她提出别种要求,多少人处于我这位置会感到幸福,我就应该像维吉尔①歌唱的牧人那样,只管享受一位天神,确切地说一位女神赐给我的欢乐。

我尽量将普吕当丝的道理付诸实践,要像我的两位女伴那样快活。然而,她们是自然的表现,我是努力的结果,我那种神经质的笑声骗过她们,其实跟哭差不多了。

夜宵终于吃完了,我单独留下来陪玛格丽特。她像往常那样,走过去

---

① 维吉尔(公元前70—前19年),古罗马诗人,著有《牧歌》、《农事诗》、《埃涅阿斯纪》。他的诗歌对拉丁文学和西方文学影响巨大。

坐到火炉前的地毯上,神色忧伤地凝望炉中的火焰。

她在想事儿!想什么事儿呢?我不得而知。我深情地,几乎带着恐惧注视她,心想我要做好准备为她吃苦头。

"你知道我在想什么吗?"

"不知道。"

"在想计策,想出了一个计策。"

"什么计策?"

"我还不能向你交底,但是可以告诉你会有什么结果。结果就是再过一个月,我就会自由了,再也不欠一点儿债了,咱们一道去乡间避暑。"

"您就不能告诉我用什么办法吗?"

"不能,只需你爱我就像我爱你一样,那就会一举成功。"

"这计策,是您一个人想出来的吗?"

"对。"

"您也一个人去实施吗?"

"有麻烦我一个人承担,"玛格丽特对我微笑道,而那微笑是我永远忘不了的,"有好处我们就分享。"

听到"好处"这个词儿,我不禁脸红了,联想到玛侬·列斯戈和德·格里厄①一起,如何吃掉德·B先生的钱……

我站起身,口气颇为生硬地回答:

"我亲爱的玛格丽特,您要允许只分享由我构想、由我办的事情的好处。"

"这话是什么意思?"

"这话的意思就是,我非常怀疑德·G伯爵先生在这一妙计中,是您的同谋,因此这一计策,无论其责任还是好处,我都不会接受。"

"您真是个孩子。我原以为您爱我,算我错了,这很好。"

说着,她就站起身,掀开钢琴盖,开始弹《华尔兹邀请舞曲》,一直弹到那个讨厌的升半音的乐段,一到那儿她总停下。

究竟是出于习惯,还是为了提醒我们相识的日子呢?我所知道的,就是听着这段旋律,我又忆起当时的情景,于是,我走到她跟前,双手捧住她

---

① 《玛侬·列斯戈》中的男女主人公,他俩合谋骗好色的B先生父子的钱,是书中重要情节。

的头,吻了吻。

"您宽恕我吗?"我问她。

"您不是看得很清楚嘛,"她回答道,"但是您要注意,这才是我们相处的第二天,就已经出现要我原谅您的事情了。您没有很好履行盲目服从的诺言。"

"有什么办法呢,玛格丽特,我太爱您了,您有一点点念头,都会引起我的嫉妒。刚才您向我提出的建议,能让我乐疯了,但是实施之前这种神秘,又让我心如刀绞。"

"喂,咱们想一想嘛,"她又说道,同时拉住我的双手,带着我无法抗拒的迷人微笑注视我,"您爱我,对不对,您和我单独去乡下,住上三四个月,您会感到幸福;我也同样,两个人过一段清静的日子,我也感到幸福,不只是幸福,我的健康也有这种需要。我准备离开巴黎这么久,就不能不先整理好自己的事务,而且,像我这样一个女人的事务,总是非常乱的。喏,我终于想出了将一切理顺的办法,理顺我的事务和我对您的爱,是的,对您的爱,不要笑,我真是发了疯爱上您!而您呢,又拿起架子来了,对我讲起大话。孩子呀,真是个小孩子,您只记住我爱您就行了,别的什么也不要担心。怎么样,就这样说定了吗?"

"就这样定了,您完全清楚,想怎么做就怎么做。"

"那么,一个月之内,咱俩就去一个村庄,在水边散步,喝新鲜牛奶。我,玛格丽特,这样讲话,您觉得挺怪吧;我的朋友,这是因为巴黎的这种生活,似乎使我十分幸福,但是燃不起我激情的时候,就要令我厌腻了;于是我突然萌发了渴望;过一过能唤起我童年回忆的平静生活。人不管后来变成什么样子,总归都有个童年。哦!您放心好了,我不会对您说,我是一位退休上校的女儿,是在圣德尼①长大的。我是生在乡下的可怜姑娘,六年前还不会写自己的名字。现在您该放心了,对不对?我萌生这种欲望的喜悦,为什么第一个告诉您,要同您分享呢?当然是因为我看出来,您爱我是为了我,而不是为了您自己,而别人爱我,从来就是为了他们本人。

"我常去乡下,但是从来不是自己想去的。这种容易实现的幸福,我就指望您了,给我这种幸福吧。您在心里就这样想:'她活不到老,有朝一日我要痛悔,没有为她做她求我做的第一件事,而那件事又极容易

---

① 圣德尼:位于巴黎北郊的村镇,十九世纪初荣誉勋位团创办了学校。

办到。'"

怎么回答这样的话呢？尤其第一夜的欢爱记忆犹新,还在期待第二夜的欢爱。

一小时之后,我把玛格丽特拥入怀中,当时她要我去犯罪,我也会唯命是从。

早晨六点钟我离开,临走时对她说：
"今天晚上见！"
她更加用力地拥抱我,但是没有回答。
白天,我收到她一封信,只有这样几句话：

  亲爱的孩子,我身体有点儿不舒服,医生嘱咐我休息。今晚我要早些睡觉,就不见您了。不过,为了给您补偿,明天中午我等您来。我爱您。

我头脑里冒出来的头一句话就是："她骗我！"
我的额头沁出冷汗,我太爱这个女人了,这种怀疑不能不乱了我的方寸。

按说,我同玛格丽特在一起,应该料到这种事几乎会天天发生,从前同我别的情妇相处,也常发生这种情况,而我也不大在乎。可是这个女人,对我的生活怎么会有这么大的控制力呢？

这时我想到,我既然拿着她家的房门钥匙,何不像往常去看她。这样,我就能很快了解真相,如果见到一个男人,我就扇他的耳光。

眼下,我先去香榭丽舍大街,在街上逗留了四小时,不见玛格丽特露面。晚上,我跑遍了她常去的剧院,到哪家剧院都没见到她的踪影。

晚上十一点钟,我前去昂坦街。
玛格丽特住宅的窗户没有灯光。这我不管,还是拉了门铃。
门房问我找哪一家。
"找戈蒂埃小姐。"我对他说道。
"她没有回来。"
"我上楼去等她。"
"她家里没有人。"
显而易见,这是一道禁令,我可以违抗,因为我有房门钥匙,但是我怕闹起来大家出丑,于是走开了。

不过我没有回家,就觉得离不开这条街,眼睛也总盯着玛格丽特的家,似乎还有什么情况要了解,至少要把我的怀疑弄个水落石出。

将近午夜,一辆我熟悉的大轿车停到九号门口。

德·G伯爵从车上下来;将马车打发走,便走进那座楼房。

我一时还抱着希望,门房也会像告诉我那样,对他说玛格丽特不在家,随后我会看见他出来。然而,直到凌晨四点钟,我还在那里等待。

三周来我就痛苦不堪,但比起这一夜所受的痛苦,就不算什么了。

第十四章

我回到家里,像小孩子一样哭起来。凡是男人,哪怕受过一次骗,也无不深知这种痛苦的滋味。

人总是自以为有勇气坚持在冲动时所做出的决定,我就是在这种决定的压力下,想到必须立即斩断这一情缘,还焦急地等待天明,好去预订驿车的座位,回到我父亲和妹妹身边,他们二人的爱我有把握,绝不会欺骗我。

然而,我不愿意这样一走了之,而不让玛格丽特明白我为什么离去。一个男人,只有根本不再爱他的情妇,才会不辞而别,连封信也不写。

我反反复复,不知打了多少封信的腹稿。

我面对的一个姑娘,同所有青楼女子一模一样,被我过分美化了,她把我当作学童那样对待,为了欺骗我,竟然耍了这样一个简单的花招,欺人太甚,这是明摆着的事。于是,我的自尊心占了上风。必须离开这个女人,又不让她得意地了解,这次断绝关系给我造成多大痛苦。我眼含悲愤的泪水,以最优美的笔体,给她写了如下一封信:

我亲爱的玛格丽特:

但愿您昨日身体不适无关大碍。昨天夜晚十一点钟,我前去探问,得到回答说您还没有回去。德·G先生比我运气好些,他随后不久去拜访,直到凌晨四点钟还待在您家里。

请原谅我让您度过的那些烦闷的时刻,还请相信,我永远也不会忘记您给我的幸福时光。

今天我本想去探望您,但是我打算回到我父亲身边了。

别了,我亲爱的玛格丽特。我还不够富有,能按照我自己的意愿去爱您;我也不那么穷困,能按照您的意愿去爱您。让我们都忘却吧,您呢,忘掉一个您不大在乎的名字,我呢,忘掉一种我不可能实现的幸福。

您这把钥匙现在奉还,我始终没有用过,而您可能用得着,假如您像昨日那样时常生病的话。

您看到了,我若不是用一句放肆的挖苦话,就没有勇气结束这封信,这表明我还多么爱她。

这封信我反复读了十来遍,想到它会让玛格丽特不舒服,我的心情才平静了一点儿。我尽量利用信中佯装的情绪来壮胆,等我的仆人走进我房间,我便把信交给他,要他立刻送去。

"要等回信吗?"约瑟夫问我(我的仆人叫约瑟夫,同所有的仆人一样)。

"如果问您要不要回复,您就说不知道,在那儿等着就是了。"

我还抱着这种希望不放:但愿她给我回信。

我们这些人啊,真是又可怜又软弱!

我的仆人出门这段时间,我六神无主,坐立不安,时而回想起玛格丽特如何以身相许,我扪心自问有什么权利,给她写一封放肆无礼的信,按说她完全可以回答我,并不是德·G先生欺骗我,而是我欺骗了德·G先生,这种辩解之词,能允许不少女人有好几个情夫。时而又回想起这个姑娘的誓言,我就要说服自己相信,我这封信写得还是太温和了,用什么严厉的措辞,也不足以痛斥一个嘲弄我这样真挚爱情的人。继而我想到,也许我最好不给她写信,白天照样去她家中,这样一来,我就会让她流泪,当面出口气。

最后,我还想她会怎么回答,我在思想上已经准备相信她要做出的解释了。

约瑟夫回来了。

"怎么样?"我问他。

"先生,"他回答道,"夫人还在睡觉,没有起床呢;不过,等她一摇铃,就会把信交给她,如果回信,也会有人给送来。"

她还在睡觉!

不知有多少次,我就要派人去取回那封信,然而我心里总是这么想:

"信也许已经交到她手里了,要取回来,我反倒显得悔不该写信了。"

越接近她可能给我回信的时刻,我越是后悔写了信。

十点钟、十一点钟、十二点钟,相继敲响了。

中午时分,我要去赴约,就当什么事情也没有发生。最终我也没有想出什么法子,挣脱箍住我的铁圈。

这时,我怀着等待的人所容易产生的迷信心理,认为我稍微出去一会儿,回来就能收到回信了。焦急等待的答复,总是当人不在家的时候才送到。

我借口吃午饭,便出了门。

这次没有照往常的习惯,去这条大街的街角富瓦咖啡馆吃午饭,却穿过昂坦街,跑到王宫①一带去吃饭。每次我远远望见一个女人,就以为是纳妮娜给我送回信去。我穿过昂坦街,连一个跑腿的伙计也没有碰见。到了王宫街区,我走进维里餐馆。伙计侍候我用餐,更确切地说,我不吃他也随意给我上菜。

我不由自主,眼睛总是盯着一座挂钟。

我往回走的路上,确信一定能收到玛格丽特的回信。

门房什么信件也没有收到。我还寄希望于我的仆人,可是我出去之后,他就没见有谁来过。

如果玛格丽特要给我回信的话,信也早该收到了。

于是,我又开始后悔信上写了那种话。我本该完全保持沉默,这样一来,她见我昨天未去赴约,就会感到不安,必然有所行动,问我没有赴约的原因;到了那时,我就可以讲给她听了。接下来,她就只能为自己辩白了,而我所希望的,也正是要她为自己辩白。我已经感到,无论她向我提出什么理由,我都肯定相信,只要能见到她,让我做什么都好。

我甚至还认为,她会亲自来我这里,然而时间一小时一小时过去,她并没有来。

显而易见,玛格丽特与众不同,因为在收到我那样一封信之后,很少有女人不回敬几句的。

到了傍晚五点钟,我跑到香榭丽舍大街。

---

① 王宫:一六三三年为红衣主教黎塞留建造的红衣主教府,亦称王府,位于卢浮宫西侧,现仅余王宫花园和附属建筑之一的法兰西喜剧院。在法国大革命时期、帝国时期和波旁王朝复辟时期,王宫一带是卖淫和赌博的集中地。

"假如遇见她,"我心中暗道,"我就摆出一副满不在乎的样子,让她确信我已经不再想她了。"

在王宫街拐角,我看见她的马车驶过;这次相遇突如其来,我的脸刷地白了,不知道她是否瞧见我激动的样子,而我一时又特别慌乱,只看见她的马车了。

我就不再沿香榭丽舍大街散步了。我看了看各家剧院的海报,觉得还有机会见到她。

王宫剧院有一出戏首场演出。玛格丽特肯定会去观看。

七点钟我到了剧院。

所有包厢都坐满了人,但是玛格丽特没有露面。

于是,我离开王宫剧院,又挨家进了她常去的剧院,诸如沃德维尔剧院、杂耍剧院、喜歌剧院等。

哪里也不见她的踪影。

或许我的信过分刺痛了她,令她无心看戏了,或许她怕撞见我,就干脆躲避一场解释。

我在大马路上,正沿着虚荣心的思路想去,不意碰见加斯东,他问我这是从哪儿来。

"从王宫剧院来呀。"

"我刚离开歌剧院,"他对我说道,"我本以为能在那儿见到您呢。"

"为什么?"

"因为玛格丽特在那儿呀。"

"哦!她在那儿呢?"

"对呀。"

"独自一个人?"

"不是,有她的一个女友陪同。"

"再没有别人?"

"德·G伯爵到她的包厢待了一会儿,但是她是同公爵一道离开的。我无时无刻不以为您会露面。我旁边的一个座儿一直空着,我想肯定是您定的座儿。"

"玛格丽特去的地方,为什么我就得去呢?"

"这还用说,就因为您是她的情人啊!"

"是谁告诉您的?"

093

"普吕当丝,昨天我遇见她了。我祝贺您啊,亲爱的;那可是个漂亮的情妇,不是想要就能弄到手的。把她守住了,她会给您增光。"

加斯东这一简单的想法向我表明,我这样赌气恼火有多么可笑。

假如昨天遇见他,听他这样讲,那么今天上午,我肯定不会写那封愚蠢的信了。

我真想去普吕当丝家,求她去对玛格丽特讲,我要跟玛格丽特谈谈,但是又担心人家报复,给一句恕不接待,于是我走过昂坦街,回到我的住所。

我再次问门房,是否有我一封信。

根本没有。

"也许她就是要等着瞧瞧,我是否有什么新的举动,会不会今天收回我的信,"我躺到床上这样想道,"最后她看到我没有再写信反悔,明天就会给我写信了。"

那个夜晚,我特别追悔自己的所作所为。我在家孤寂一人,睡又睡不着,心被不安和嫉妒所啃噬,假如当初什么事我都顺其自然,那么此刻我就会在玛格丽特的身边,听她讲迷人的情话,而那种情话我仅仅听过两回,在这孤寂中还使我脸烧耳热。

我处于这种境况,最糟糕的是从情理上讲是我错了:按说,一切都向我表明,玛格丽特爱我。首先,她就计划和我单独去乡间,度过整个夏天;其次,可以肯定,没有什么迫使她非做我的情妇不可,因为我并不富有,满足不了她的生活需要,甚至不够她随意的花费。因此,她只心存一种希望,在我身上找到一种真挚的感情,一种使她在卖身的生涯中得以休息的真情,可是第二天,我就摧毁了她这种希望,用放肆的嘲讽回报她给我的两夜恩爱。我这种行为何止可笑,简直是粗野可鄙。第二天就不辞而别,难道我不像个情场中的食客,晚宴之后害怕人家让我买单吗?难道我付给这个女人多少钱,自认为有权谴责她的生活吗?怎么!我结识玛格丽特才三十六小时,当她的情人才二十四小时,我就这样使性子;她让我分享爱,我非但不感到万幸,反而想独占一切,逼使她断绝过去的关系,而那些关系正是她未来的生计。我有什么可指责她的呢?什么也没有。本来她可以赤裸裸地告诉我,她要接待一个情人,就像某些直白得令人难堪的女人那样,然而,她却给我写信说她身体不舒服。我非但不相信她信中所言,到昂坦街之外的巴黎所有街道去散步,非但没有约朋友一起度过那个夜晚,第二天再按她指定的时间赴约,反而扮演起奥瑟罗①的角色,侦察她的活动,还以为再也不见她就是对她的惩罚。其实恰恰相反,她一定巴不得这样分手,也一定认为我是个天大的傻瓜,而她保持沉默,连怨恨都谈不上,那只是鄙夷。

看来,我本该送给玛格丽特一件礼物,不让她对我的慷慨心存一点儿怀疑,从而把她当作青楼女子对待,也就算同她结了账。然而我早就认为,哪怕有一丁点儿交易的迹象,也会伤害我们的爱,即使伤不着她对我的爱,至少也伤了我对她的爱。而且,这种爱极为纯洁,容不得他人染指,无论对方给予的幸福多么短暂,用多贵重的礼物也偿付不了。

这就是在不眠之夜,我一再重复的想法,也是我时刻准备要对玛格丽特讲的话。

天亮我还没有睡着,浑身发烧,一心放在玛格丽特身上,不可能想别的什么事情。

您也理解,必须当机立断,或者同这个女人了断,或者同我的顾忌了断,当然这还得她同意接待我才行。

然而您也知道,人总是当断不断。这样,我在家待不住,又不敢贸然去见玛格丽特,就不妨试试接近她的一种办法,如果成功了,我的自尊心也可以推脱,就说事出偶然。

已是九点钟了,我跑到普吕当丝家中。她问我这么早登门,有什么事情。

我不敢对她直说我的来意,只是回答说,我早早出门,是为了定去 C 城的驿车的座位,家父就住在 C 城。

"您的运气真好,"普吕当丝对我说,"赶在这样的晴天离开巴黎。"

我注视着普吕当丝,心想她是不是在嘲笑我。

她倒是一脸正经的神情。

"您去向玛格丽特道别吗?"她又问道,始终是一本正经的神态。

"不去道别。"

"您做得对。"

"您这样认为?"

"当然了。您既然同她断绝了关系,何必还去见她呢?"

---

① 奥瑟罗:莎士比亚同名悲剧中的主人公,他多疑而嫉妒,受部将挑拨而杀死爱妻。

"怎么,您知道我们的关系断了?"

"她把您的信给我看了。"

"她是怎么对您说的?"

"她对我说:'我亲爱的普吕当丝,您引见的这个人真没礼貌:这种信,只能心里想想,谁也不会写出来。'"

"她讲这话是一种什么口气?"

"笑着说的,她还补充一句:'他在我这里吃了两顿夜宵,都不说来看看我道声谢。'"

这就是我那封信和我的嫉妒所产生的效果。我这爱情的虚荣心受到了极大的侮辱。

"昨天晚上她干什么啦?"

"去了歌剧院。"

"这我知道。后来呢?"

"她回家吃夜宵。"

"独自一个人?"

"我想,有德·C伯爵陪伴吧。"

这样看来,我同玛格丽特决裂,丝毫也没有改变她的习惯。

碰到这种情况,有些人就会对您说:

"不要再想这个女人了,反正她也不爱您了。"

"好哇,我很高兴地看到,玛格丽特没有为我伤心。"我勉颜一笑,又说道。

"她做得太对了。您做了自己应该做的事,表现得比她要理智,因为,这个姑娘爱您,总把您挂在嘴边上,真能干出荒唐事儿来。"

"她既然爱我,为什么没有给我回信呢?"

"就因为她明白了,她不该爱您。再说了,女人有时允许别人欺骗了她们的爱情,但是绝不允许别人伤害她们的自尊心,而无论谁,同一个女人相好了两天就离开她,不管给这种关系的决裂找出什么理由,总要伤害那个女人的自尊心。玛格丽特我可了解,她宁死也不会给您回信。"

"那我该怎么办呀?"

"怎么也不怎么办。她会忘记您,您也要忘记她,你们彼此都没有什么可指责对方的。"

"假如我给她写信,请求她原谅我呢?"

"您可千万别写,她会原谅您的。"

我真想扑上去,搂住普吕当丝的脖子。

一刻钟之后,我回到家中,给玛格丽特写了这样一封信:

  有个人昨天写了一封信,追悔莫及,如果得不到您的宽恕,明天他就动身了;他渴望知道什么时候能匍匐在您脚下,向您表达悔意。

  他什么时候能单独见您呢?因为您知道,做忏悔,就不应该有旁人在场。

这是散文诗式的一封书信,我折好派约瑟夫送去。他亲手把信交给玛格丽特本人,对方说晚些时候再回复。

我只出去一会儿用晚餐,等到晚上十一点,还没有收到回信。

于是我决定不再苦熬下去,次日就动身。

既然做出这种决定,就开始收拾行装,反正我上床也肯定睡不着觉。

第十五章

约瑟夫和我忙了个把小时,为我出行做好了准备,忽听有人猛力地拉门铃。

"要不要开门?"约瑟夫问我。

"去开门吧。"我对他说道,心里纳罕这么晚了有谁会来我家,实在不敢猜想是玛格丽特。

"先生,"约瑟夫回来对我说道,"来了两位女士。"

"是我们,阿尔芒。"一个声音冲我喊道,我听出是普吕当丝。

我走出卧室。

普吕当丝站在那儿,正欣赏客厅里摆的几件古玩,而玛格丽特则坐在长沙发上,一副若有所思的样子。

我一走进客厅,便直趋到她面前,双膝跪下,抓住她的手,激动万分地对她说道:"请原谅。"

她吻了一下我的额头,对我说道:"我这已经是第三次原谅您了。"

"本来我明天要走了。"

"那么我来拜访,怎么能改变您的决定呢?我前来不是要阻止您离开巴黎,我来这儿,是因为白天没有时间给您写回信,又不愿意让您以为我对您恼火了。普吕当丝还不愿意让我来呢,她说我还可能打扰您呢。"

"您,打扰我,您,玛格丽特!怎么会呢?"

"怎么不会!说不定您这儿有个女人呢,"普吕当丝答道,"她看见又来了两个女的,可不会觉得好玩。"

在普吕当丝表示这种看法时,玛格丽特则注意着看我。

"亲爱的普吕当丝,"我回答道,"您在这儿胡说什么呀?"

"您这套房子,还倒挺雅致的,"普吕当丝接口道,"那间卧室,能进去瞧瞧吗?"

"可以呀。"

普吕当丝走进我的卧室,她并不是真要参观,主要是弥补一下刚才讲的蠢话,知趣地避开,让玛格丽特和我单独谈谈。

"您为什么把普吕当丝带来呢?"于是我问玛格丽特。

"因为她陪我看戏了,再说,从这儿走的时候,我也希望有个人陪伴我。"

"不是有我陪伴吗?"

"不错。但是,我不想打扰您,此外,我又确信到了我家门口,您准要向我提出上楼进家门,由于我不能同意,我就不想让您离开时有权指责我把您拒之门外。"

"为什么您不能接待我呢?"

"只因我受到严密监视,稍微引起怀疑,就会给我带来极大的损害。"

"真的只有这一条理由吗?"

"如果还有别的理由,我就会告诉您了。我们两个人之间,彼此不应该再有秘密。"

"喏,玛格丽特,我不愿意兜许多圈子,才说出我要对您说的话。坦率地讲吧,您有一点点爱我吧?"

"很爱您。"

"那么,您为什么欺骗我?"

"我的朋友,假如我是某某公爵夫人,有二十万利弗尔年金,做了您的情妇,又另外找了一个情人,那么您就有权问我为什么欺骗您。然而,我是玛格丽特·戈蒂埃小姐,有四万法郎的债务,没有一文钱的财产,每年我还得花费十万法郎,因此,您提的问题毫无意义,用不着回答。"

"是这个理儿,"我说着,就把头偏在玛格丽特的膝盖上,"可是我呢,却像一个疯子似的爱您。"

"那好,我的朋友,您就少爱我一点儿,多理解我一点儿。您那封信让我十分难过。假如我是自由的,那么前天我就不会接待伯爵,或者接待了他,我也要来这儿请求您原谅,就像刚才您请求我原谅似的,而且今后,除了您,我也不会有别的情人。有一阵我倒以为,这种幸福我可以享受半年;然而您不愿意,一定要了解通过什么办法,哼!我的上帝,办法很容易就能猜出来。我采用这种办法,做出的极大牺牲,远远超出您的想象。本来我

可以对您讲:'我需要两万法郎。'您既然爱我,就会筹到这笔钱,但是将来您就有可能因此怪我。我宁愿什么也不欠您的,而这番苦心,您却没有理解,要知道,这可是用心良苦。我们这种女人,还有一点良心的时候,说话行事都有引申和发挥的含义,是一般女人所办不到的。我再向您重复一遍,玛格丽特·戈蒂埃本人找到付债的办法,又不向您要必需的钱款,这就是一番苦心,您应当利用而一声不吭。假如您今天才认识我,那么您听了我的许诺就会高兴万分,绝不会问我从前干了什么。有时候,我们不得不牺牲点儿肉体,来换取心灵上的一点满足;不过,等这种满足离我们而去之后,我们就会感到更加痛苦了。"

我怀着钦佩的心情,倾听并注视着玛格丽特讲话。这位出色的女性,我从前渴望吻她脚的女性,肯让我进入她的头脑了解情况,还让我在她的生活中扮演个角色,她给了我这些我还不满足,想想人的欲望还有没有止境,就连我这么快就如愿的欲望,又垂涎别的东西了。

"的确,"她又说道,"我们这些有命无运的女人,我们产生的欲望很怪异,产生的爱情也不可思议。我们以身相许,时而为了这样东西,时而为了另一样东西。有的人为我们倾家荡产,却什么也没有捞到;还有的人只送了一束鲜花,就得到了我们。我们的心往往任性,这也是它仅有的消遣、唯一的挡箭牌。我对你一见倾心,我向你发誓,比跟任何男人都要快;为什么呢?就因为你见我咯血,马上抓住我的手,因为你流了泪,因为你是世上唯一从心里怜悯我的人。我来告诉你一件荒唐事:从前我养了一条小狗,在我咳嗽的时候,它就一副忧伤的样子看着我,它是我唯一爱过的生灵。

"小狗死的时候,比我死了母亲流的眼泪还多。倒也是,母亲生我之后十二年间,动不动就打我。就是这样,就像对我的狗,我立刻就爱上了你。假如男人知道能用一滴眼泪换取什么,那么他们就会多得几分爱,我们也将少毁几分人家的财产。

"你的信表明了你的不同面目,向我揭示了你不能完全做到心灵沟通,而且,它给予我对你的爱情的伤害,超过了你可能对我做的任何事情。固然还是出于嫉妒,但这种嫉妒是嘲讽式的,放肆无礼。看了你那封信,我已经够伤心的了,本来指望中午见面,同你一起吃饭,总之,面谈好能消除一直纠缠我的念头,而在认识你之前,有这种念头我也无所谓。"

"况且,"玛格丽特接着说道,"只有在你面前,我才当即明白能自由地思考和讲话。围着我这样姑娘打转的那些人,都喜欢揣测我们的一言一语,从我们微不足道的行为中得出结论。我们自然没有朋友,只有一些自私的情人,他们挥霍家产,正如他们所表明的那样,并不是为了满足我们,而是为了满足他们的虚荣心。

"对于那些人,他们快乐的时候,我们也必须高兴;他们要吃夜宵,我们必须显得胃口好;他们怀疑什么,我们也必须跟着怀疑什么。总之,不准我们有自己的心情,否则就要遭人笑骂,毁掉自己的声誉。

"我们不再属于我们自己了。我们也不再是有血有肉的人,而成了物品。我们在他们的自尊心上排在前列,在他们的尊重里排在末尾。我们有一些女友,像普吕当丝这样的女友,往日的青楼女子,她们仍然喜欢挥霍,可是年龄不饶人。于是,她们成为我们的朋友,确切点儿说,成为我们的食客。她们的友谊能一直到低三下四的地步,但是永远达不到无私的程度。她们只会给你出有利可图的主意。我们的情人就是再多出十个,她们也觉得无所谓,只要能捞几件衣裙,或者一副手镯就行,只要能不时乘坐我们的马车出游,到我们的包厢看戏就行。她们拿走我们隔夜的鲜花,借走我们用过的开司米披肩。她们从来不白帮忙,哪怕做一点点小事儿,也要收双倍的报酬。你也亲眼看到了那天晚上的情景:普吕当丝应我的请求,去向公爵替我要来六千法郎,当时就向我借了五百法郎,而这笔钱她永远也不会还给我,再不就拿不是从包装盒取出来的帽子顶账。

"因此,我们只能有,确切点儿说,我只能有一种幸福,就是我这样一个时常忧伤,又总病歪歪的人,能找一个比较超脱的男子,他不盘问我的生活,只做重我的感觉而轻我的肉体的情人。这种人,我在公爵身上找到了,然而,公爵毕竟年迈,而年迈之人既不能保护,也不能安慰人。我原本以为能接受他为我安排的生活,可是有什么办法呢?我烦闷得要命,反正也得把人消磨死,那么被炭火的煤气熏死,还不跟跳进大火里烧死一样。

"正是这种时候,我遇见了你,一个热情而幸福的青年,我就试图把你变成我在喧闹的孤独中呼唤的那个男人。我在你身上所喜爱的,不是你现在的这个人,而是你应当成为的那个人。你不接受这一角色,认为它配不上你而丢弃它,你也是个平庸的情人,那你也照别人那样做,付给我钱,这事儿再也不要提了。"

玛格丽特这样长篇大论,表白之后就疲惫不堪,仰身倒在长沙发上,她用手帕捂住嘴,乃至蒙上眼睛,以便憋住一阵轻微的咳嗽。

"对不起,对不起,"我讷讷说道,"这一切我早就明白了,不过还是想听您亲口讲出来,我亲爱的玛格丽特。让我们只记住一件事,其余的全忘掉:记住我们相互拥有,我们年轻,我们也相爱。

"玛格丽特,你就随意支配我吧,我就是你的奴隶,你的狗;但是,看在上天的份儿上,还是把我给你写的信撕掉吧,不要让我明天启程,那样我会伤心死的。"

玛格丽特从衣裙的领口里掏出我那封信,交还给我,还微微一笑,以难以描摹的温和语气对我说道:"拿着,我给你带回来了。"

我撕掉信,眼含热泪吻了伸给我的那只手。

这时,普吕当丝从里间出来。

"说说看,普吕当丝,您知道他向我请求什么吗?"

"他请求您原谅。"

"正是如此。"

"您原谅吗?"

"怎么也得原谅,不过,他还有别的要求。"

"还要求什么?"

"他要去同我们一起吃夜宵。"

"您同意吗?"

"您看怎么样?"

"我看你们是两个孩子,哪个也没有头脑。不过我也考虑到我很饿,您越是早点儿同意,我们就越能早点儿吃上夜宵。"

"好吧,"玛格丽特说道,"我们就三个人挤在我的马车里吧。对了,"她朝我转过身来,又补充一句,"纳妮娜一定睡下了,您开房门吧,拿好我的钥匙,千万别再丢了。"

我搂住玛格丽特,几乎使她喘不上气来。

这时候,约瑟夫走进来。

"先生,"他一副自鸣得意的样子,对我说道,"行李打好了。"

"完全打好了?"

"对,先生。"

"那好,都解开吧:我不走了。"

第十六章

阿尔芒对我说:这段关系的最初情景,我本来可以三言两语就向您讲完了,但是我想让您清楚地看到,我们经过怎样的波折,才逐步达到这种默契,即我对玛格丽特百依百顺,而她也只能同我一起生活。

我派人将《玛侬·列斯戈》送给她,也正是她来找我的那天晚上的次日。

既然我改变不了我情妇的生活,从那时起我就改变了自己的生活。首先,我就不容自己有闲暇思考我刚刚接受的角色,因为一想这事儿,我就顿生极大的悲哀。我的生活向来清静得很,一下子就进入喧闹而凌乱的氛围。不要以为一位青楼女子的爱情不费你一文钱,不管这种爱情多么无意图钱。要知道,情妇总有千百种小喜好,比什么都靡费,诸如鲜花、包厢、夜宵、郊游,等等,都是不能拒绝的。

我对您说过,我并不富有。家父住在 C 城,过去是,现在仍然是税务总监。他为人正派的名声极高,因而能筹到任职所必须交纳的保证金。他这一职务年金为四万法郎,十年担任下来,他偿清了保证金的借款,还特意给我妹妹积攒了一笔嫁妆钱。他是世间最令人尊敬的人。家母去世时留下了六千法郎年金,而父亲申请职务得到批准的那天,他就把那笔年金平分给我们兄妹俩。后来,到我年满二十一岁那年,他在我这小笔收入上,每年又增加了五千法郎的生活费。他明确对我说,我有这八千法郎,如果还想在律师界或者医务界谋个职位,那么我在巴黎就会生活得很潇洒了。于是,我到了巴黎,攻读了法律,取得了律师证书。然而,我同很多青年一样,将我的证书塞进口袋里,过起巴黎这种悠闲自在的生活。我的开销极其有限,八个月花完我一年的收入,夏季再回到父亲身边度过四个月,这就等于我享用一万两千法郎的年金,还赢得了好儿子的名声。而且,没有一文钱的债务。

这就是我结识玛格丽特时的生活状况。

您明白,我的生活开销不由得增加了。玛格丽特天生就特别任性;她这种女人,生活离不开各种各样的消遣,而且从来不把这类消遣当作巨大的消费。结果就出现这种局面:她要尽可能多安排一些时间同我在一起,上午就给我写信,约我用晚餐,但不是去她家中,而是在巴黎市内或者郊区,选一家餐馆;我要去接她,一道去吃晚饭,再去看戏,然后还经常吃夜宵,每天晚上我要花四五枚路易金币,这样,每个月就花掉两千五百或者三千法郎,也就是说,三个半月就用完我一年的收入,其余的时间难以为继,我不是举债,就得离开玛格丽特。

然而,除了后一种情况,什么我都可以接受。

请原谅我给您讲这些琐碎的事,但是往后您会明白,这正是后来发生的事情的起因。我向您讲述的是一个真实的、简单的故事,原样保留各种细节的天真朴实,保留发展过程的自然单纯。

于是我明白,世上任何东西,都不足以施加令我忘记情妇的影响;因此,我必须设法支撑她给我增加的开销。——再说,我爱得神魂颠倒,一离开玛格丽特,就感到度日如年,有必要将这种时刻投入某种激情的火中焚烧,使其飞快过去,甚至让我觉察不出经历过。

我从自己那小笔资本中,先拿出五六千法郎去赌博,须知拆毁赌场之后,到处都可以赌博了。从前,走进弗拉斯卡蒂①,总还有赢钱的运气;那时赌现钱,即使输掉,也能自我安慰地这样想:输赢都有同等的机会。如今就不同了,有些俱乐部还可以,能照规矩兑现输赢,在其他地方几乎可以肯定,如果赢一大笔钱,是拿不到手的。是何原因,也不难弄明白。

前去赌博的人,无非是那些开销大、又缺少必要的财力维持那种生活的年轻人。他们赌博,自然而然就产生这样结果:输家只替赢家支付车马费和情妇供养费,这就很讨厌了。一笔笔赌债,在赌桌周围建立起来的关系,最终演变成争执,总要危及一点儿名誉和生命。一些体面的人,往往被非常体面的年轻人搞得破了产,而那些年轻人若说有缺点,也不过是没有二十万利弗尔的年金。

---

① 弗拉斯卡蒂:位于巴黎蒙马特尔大街二十三号附近,是饮食娱乐和赌博的场所,于一七九六年开业,建筑风格仿效意大利那不勒斯的弗拉斯卡蒂花园。

那些在赌博中作弊的人,就没有必要向您谈了,他们总有一天要去一个地方,只是判处得晚些。

就这样,我投身到这种飞速的、喧闹而激烈的生活;而这种生活,从前想一想就要吓破胆,如今对我来说,却变成了我对玛格丽特爱情的必要的补充。您叫我有什么办法呢?

夜晚如果不在昂坦街度过,我独自待在家中,就难以成眠了。是嫉妒让我睡不着觉,像火一般烧灼我的思想和血液;而赌博则能把这种会侵袭我的心的狂热暂时引开,引向另一种热衷的事情:我会不由自主地被其中的利益所吸引,直到我该去会情妇的时刻为止。时候一到,我不管是输是赢,总要义无反顾地离开赌桌,并且怜悯被我丢下的、不能像这样离开赌桌就能得到幸福的那些人,从这一点上我就能看出,我的爱情有多么强烈。

对大部赌博者来说,赌博是一种需求,而对我来说,只是一种权宜之计。

我何时不再爱玛格丽特了,何时就不再赌博了。

因此,在一场场赌博中,我能够相当冷静,输钱还是赢钱都有限度,不超过我身上所带的钱数。

再说,我的手气很好。我不欠赌债,但我的花费是赌博之前的三倍。这种生活不好抗拒,它允许我不费劲就能满足玛格丽特花样翻新的小喜好。至于玛格丽特,她始终那么爱我,甚至更爱我了。

正如我对您讲的那样,起初,她只是在午夜至清晨六点钟接待我,后来不时允许我同在包厢里看戏,再往后,她有时还来和我一起吃晚饭。有一天早上,我直到八点钟才从她那儿离开,还有一天甚至留到中午才离去。

在玛格丽特身上,在精神发生变化之前,肉体已经有了变化。我早就着手给她治病,可怜的姑娘猜出我的用意,就听我的话,以表明对我的感激。我没有费什么周折,也没有花什么力气,就几乎使她摆脱了老习惯。我的医生在的时候,我派人找了她来瞧瞧,那医生就对我说过,只有休息和保持安静,才能保住她的身体;因此,我用有益于健康的生活和按时睡觉的制度,逐渐取代了夜宵和失眠。玛格丽特不由自主地习惯了这种新型生活,她也感到了这种生活有益于身体的效果。她已经开始在自己家里度过了几个夜晚,或者,如果天气好的话,她就披上一条开司米披肩,再戴上面纱,我们就像两个孩子一样,乘夜色在香榭丽舍大街一带的幽径上漫步。她回家时感到累了,稍微吃点儿东西,再弹一会儿琴,或者看一会儿书,就上床睡觉了;这种情况她可从来没有过。现在她几乎不咳嗽了,当初我每次听见她咳嗽,就有一种撕心裂肺的感觉。

六个星期下来,伯爵不见踪影,已经被完全舍弃了。只有对公爵还有所顾忌,我不得不隐瞒同玛格丽特的关系,不过也经常有这种情况:我在她家里,公爵来了就被打发走,推说夫人在睡觉,不准许人叫醒她。

到头来,玛格丽特养成了按时见我的习惯,这甚至成为她的一种需求,因此,我就像个机灵的赌徒那样见好就收。我赢的钱总体算下来,有一万来法郎,觉得这是我用之不完的一笔资金。

我习惯看望父亲和妹妹的时期到了,但是没有动身,因此,我经常收到他们催促我回去的信件。

每次收到催促的家书,我都尽量回复,总是重复说我身体很好,也不缺钱用,我认为有这两条,即使我一再推迟一年一度的探亲,也多少可以安慰我父亲。

在此期间,有一天早晨,玛格丽特被灿烂的阳光唤醒,她跳下床,问我是否愿意带她去乡间玩上一天。

玛格丽特派人去叫普吕当丝,还吩咐纳妮娜告诉公爵,就说她要利用这好天儿,同杜韦尔努瓦太太一道去乡下游玩;然后,我们三人乘车出发了。

带着普吕当丝,除了让老公爵放心之外,她这种女人似乎天生适于冶游。她总是那么快活,胃口又总那么好,一刻也不会让她陪伴的人感到烦闷;她还特别会点菜,什么鸡蛋、樱桃、鲜奶、煎兔肉,以及巴黎郊区午餐的各种传统食物。

现在我们只差决定去哪里了。

还是普吕当丝给我们解决了难题。

"你们是要去真正的农村吗?"她问道。

"对。"

"那好,咱们就去布吉瓦尔①吧,那儿有黎明客栈,阿尔努寡妇酒馆。阿尔芒,您去雇一辆轻便马车吧。"

马车行驶了一个半小时,我们就到了阿尔努寡妇的客栈。

---

① 布吉瓦尔:法国小村镇,位于巴黎西部,坐落在塞纳河畔,是十九世纪巴黎人爱去冶游的地方。

那家乡村客栈，也许您了解，它平日是客栈，星期天就成为可供跳舞的小酒馆。它的花园地势有普通二楼那么高，站在那里眺望，就能发现一片美景。左侧，阿尔利高架引水渠遮住天边；右侧，丘峦一望无际。塞纳河在这个地方几乎不见湍流，好似展开的一条宽宽的白带，在加比隆平原和克鲁瓦西岛之间闪闪发亮，由两岸高高颤动的杨树，以及窃窃私语的柳树永恒地催眠。

再往远望去，一些红顶的白色小房和厂房，沐浴在阳光里。那些厂房也因远眺，失去了冷酷的商业品性，倒给这片自然风光增添了色彩。

极目所见，巴黎锁在烟雾中！

正如普吕当丝对我们所讲，这是真正的乡野；我还应该说，这是真正的午餐。

我这样讲，并不是要感激这儿给我带来的幸福。布吉瓦尔虽然名字难听，却是人们所能想象的最秀美的地方。我也游历过许多地方，欣赏过十分壮丽的景色，但是比起赏心悦目来，要数这个卧在山脚下、由山庇护的欢快小村庄。

阿尔努太太提出带我们坐小船游河，玛格丽特和普吕当丝欢欢喜喜地接受了。

人们总把乡村和爱情联系起来，这样做很有道理。伴随在心爱女子周围的，最好的莫过于蓝天、芳草、鲜花、和风、田野和树林澄莹的宁静。无论怎么强烈地爱一个女子，对她无论怎么信赖，她的过去也无论怎么让人确信未来，这个男人还总难免多少有点嫉妒。假如您爱过一个女人，真心地爱过，您一定感到需要把心爱的女子与世隔绝起来，终日与她厮守。心爱的女子对周围无论怎样无动于衷，但是一接触男人和事物，她的芳香和完整性似乎就要散失几分。这种体会，我比任何人都要深刻。我的爱情不比寻常的爱；当然，我也像一个普通人那样恋爱，但我爱的是玛格丽特·戈蒂埃，也就是说，在巴黎我每走一步，都可能碰到这个女人的一个旧日的情人，或者明日的情人。在农村则不然，周围的人我们从未见过，他们并不注意我们，周围的大自然也春意盎然，正值每年的宽恕的季节，又远离城市的喧嚣，我对这样一个女人的爱就可以不为人知，可以毫无羞耻和畏惧地去爱她。

青楼女子的形象，在这里逐渐消失。在我身边的是一个年轻美丽的女子，我们彼此相爱，她名叫玛格丽特：她的过去已经无影无踪了，她的未来也没有一片乌云。阳光照耀我的情妇,如同照在最贞洁的未婚妻身上。我们漫步的地方多么迷人,仿佛天造地设,特意邀人回忆拉马丁①的诗句,或者歌唱思居多②的歌曲。玛格丽特身穿一件白衣裙,偎依在我的手臂上,夜晚在星空下,她又向我重复昨天夜里对我讲过的话。远方尘世的生活还在继续,但是它的阴影,并没有遮蔽我们的青春和爱情的欢乐图景。

这就是那天骄阳穿过叶丛带给我的梦幻,当时我们登上河中岛,我躺在草地上,摆脱了从前羁绊她的一切人际关系,任由自己的思想驰骋,一路采撷所有的希望。

此外,从我躺的地方,我望见岸边一座赏心悦目的三层小楼,围一道半圆形的栅栏,屋前一片丝绒一般光滑的草坪,楼后则生长一片充满神秘幽静的小树林,那林中的苔藓,每天早晨都会覆盖昨日踏出的小径。

一些攀援植物盛开的鲜花,遮住了这座无人居住的房舍的台阶,而且一直爬到了二楼。

那座小楼我凝望久了,最后竟确信是属于我的,因为它集中体现了我的梦想。我看见玛格丽特和我在那里,白天到覆盖山丘的树林里散步,晚上坐在草坪上,我不免思忖,世上是否有过同我们一样幸福的人呢。

"多美丽的房子啊!"玛格丽特对我说,她跟随我的目光,也许还追随我的思路。

"在哪儿呢?"普吕当丝问道。

"在那边。"玛格丽特用手指了指那座小楼。

"嘿!好看极了,"普吕当丝说道,"你们喜欢吗?"

"非常喜欢。"

"那好哇!去对公爵说给您租下来,我肯定他会同意的。如果您愿意,这事儿就包在我身上了。"

玛格丽特瞧了瞧我,似乎问我觉得这个主意怎么样。

我的梦幻随着普吕当丝刚说的话飞走了,我一下子跌回到现实中,摔得我一时晕头转向。

"的确,这主意好极了。"我咕哝道,自己却不知所云。

---

① 拉马丁(1790—1869):法国浪漫主义诗人,代表作《沉思集》中不乏名篇,如《湖》、《孤独》、《秋》、《黄昏》等,情调忧郁,歌唱人生短暂和逝去的爱。
② 思居多(1806—1864):法国文艺批评家、作曲家。

"好吧,这件事我去安排,"玛格丽特说着,就紧紧握住我的手。"咱们这就去看看,那房子租不租。"

那房子没人住,两千法郎出租。

"您在这儿会满意吗?"玛格丽特问我。

"我能有把握来这儿吗?"

"假如不是为了您,我到这儿来隐居,又是为了谁呢?"

"那好,玛格丽特,就让我把这座房子租下来吧。"

"您疯啦?这样做不仅毫无必要,而且还有危险:您明明知道,我只有权接受一个人的馈赠,您就不要管了,大孩子,什么也不要讲了。"

"这样一来,我若是一连两天有空儿,就来这儿同你们一起度过。"普吕当丝说道。

我们离开那所房子,又返回巴黎,一路上还大谈特谈这个新决定。我紧紧搂着玛格丽特,等到下车的时候,我对我情妇的这种招数,思想上也不那么顾忌了。

第十七章

第二天,玛格丽特早早把我打发走,她对我说公爵一清早就可能来,还答应我等公爵一走,她就给我写信,定每天晚上的约会。

白天,我果然收到这封便函:

> 我同公爵一道前往布吉瓦尔;今晚八点钟,请到普吕当丝家。

在约定的时间,玛格丽特返回了,她到杜韦尔努瓦太太家来找我。

"好了,全部安排妥当。"她进门就说道。

"房子租下来啦?"普吕当丝问道。

"对,他当即就同意了。"

我不认识公爵,但是如此欺骗他,我心中实在惭愧。

"还有呢!"玛格丽特又说道。

"还有什么呀?"

"我还关心阿尔芒的住宿。"

"在同一所房里?"普吕当丝笑着问道。

"不是,要他住在黎明客栈。公爵和我是在那家客栈吃的午饭,在他观赏风景的时候,我问了阿尔努太太,她是叫阿尔努太太吧,对不对?我问她还有没有一套合适的房间。正巧还有一套,包括客厅、前厅和卧室。我想,这就应有尽有了。每月房费六十法郎。房间陈设不错,就是一个患忧郁症的人住进去,也会感到开心的。我定下来那套客房。我做得好吗?"

我扑上去,搂住玛格丽特的脖子。

"这事儿一定很美妙,"她接着说道,"您拿一把小角门的钥匙,我主动提出公爵掌握一把大门钥匙,但是他不会要的,反正他去也是白天去。咱们私下讲啊,我这样头脑一热,离开巴黎一段时间,让他家人少讲点儿闲话,我认为他挺高兴。不过,他还是问我,我这么喜爱巴黎,怎么可能决定到乡下隐居起来呢;我就回答他说,我身体不舒服,要去那里休养。看样子他对我的话半信半疑。这位可怜的老人,总是四面受敌。因此,亲爱的阿尔芒,我们要多加小心,因为他会派人去那里监视我。他不仅给我租那座房子,还得替我还债,不幸的是我还真欠了债。您看,这样安排合意吗?"

"合意。"我嘴上这样回答,心里却极力压制这种生活方式使我产生的顾虑。

"我们仔细看了那座房子的每个房间,我们住进去,肯定特别满意。公爵每方面都考虑到了。哈!我亲爱的,"这个发疯的姑娘一边拥抱我,一边又补上一句:"有一位百万富翁为您铺床,您的福分不赖呀!"

"你们什么时候搬过去?"普吕当丝问道。

"越早越好。"

"您的马匹和车辆还带去吗?"

"我要把整个家全搬过去。我离开巴黎的这段时间,这套房子由您来照看。"

一周之后,玛格丽特入住乡下的那座小楼,而我则安排住在黎明客栈。于是,一段难以向您描述的生活开始了。

玛格丽特搬到布吉瓦尔的最初阶段,还不能同老习惯一刀两断:那座房子总像过节一样,所有女友全去看她,每天她的餐桌上都八九个,十来个人,这种情况持续了一个月。普吕当丝也把她认识的人全带去,盛情款待,就好像那是她自己的家。

您完全想得到,这一切都是花公爵的钱。不过,普吕当丝也不时说是以玛格丽特的名义,向我要一张一千法郎的钞票。您知道我赌博赢了些钱,因此,每次我都很痛快,将玛格丽特通过她向我要的钱交给普吕当丝;我担心别到时候满足不了玛格丽特的需要;就去巴黎借了一笔钱,相当于我早先借过并按时偿还的款额。

这样,我除了生活费,又有了一万法郎。

然而,玛格丽特接待女友的乐趣减退了,因为这种聚会开销太大,尤其有几次她不得不向我要钱。公爵租这座房子,是要让玛格丽特休息,他再也不露面了,总怕撞见一大群欢宴的宾客;他去那里不愿意让她们瞧见。这也事出有因:有一天他去布吉瓦尔,打算单独同玛格丽特共进晚餐,不料却掉进十五人的宴席中,到了他准备用晚餐的时刻,人家的午宴还没有结束。他万万没有料到,一打开餐室的门,迎接他的是一阵哄堂大笑,他看到一群粉头在那儿放肆地寻欢作乐,就赶紧落荒而逃。

玛格丽特离开餐桌,到了隔壁房间找见公爵,百般劝慰,要让他忘掉这个意外事件。可是,公爵伤了自尊心,怨恨不已,带着几分恶狠狠的语气对可怜的姑娘说,他已经厌腻了,不想再花钱供一个女人过荒唐的生活,而这个女人甚至不懂得在自己家中让人尊重他,说罢他就悻悻离去。

从那天起,就再也没有听人提起公爵。玛格丽特虽然改变习惯,不再让她的宾客登门,也无济于事了,公爵始终杳无音信。这倒便宜了我:我的情妇越发完全属于我了,我的梦想终于实现。玛格丽特再也离不开我了。她也不管会有什么后果,公开宣示我们的关系,我也干脆住到她那里不走了。仆人们称我先生,正式把我视为主人。

普吕当丝一提起这种新生活,就极力规劝玛格丽特。可是,玛格丽特却回答说她爱我,生活中不能没有我,不管发生什么事情,她也不会放弃同我终日厮守的幸福;她还补充说,谁看不惯谁别来,那就随他们的便了。

这番话,是我在房间门口听见的:那天,普吕当丝说有很重要的事情要告诉她,就同玛格丽特进屋关起门来。

过了一段时间,普吕当丝又来了。

她走进庭院时,没有看见我正在花园里侧。从玛格丽特迎上前去的样子,我猜出她们又要进行一场类似上次我窃听到的谈论,于是还想听一听。

两个女人进了小客厅,关起门来。我就靠近前偷听。

"怎么样?"玛格丽特问道。

"怎么样?我见到了公爵。"

"他怎么对您说的?"

"他说他情愿原谅上次那个场面,不过,他听说您跟阿尔芒·杜瓦尔先生公开同居,这是他所不能原谅的。他对我说:'只要玛格丽特同那个青年分手,我就一如既往,供给她一切需求,否则的话,她就休想再向我要任何东西。'"

"您是怎么回答的?"

"我说回头向您转达他的决定,并向他保证一定让您明白道理。您想一想吧,我亲爱的孩子,您失去的地位,阿尔芒永远也不可能还给您。他一心一意地爱您,但是他没有足够的财产来满足您的全部需求,迟早有一天他要离开您,到那时就悔之已晚,公爵绝不肯再为您做什么了。您愿意由我去跟阿尔芒谈吗?"

玛格丽特没有回答,看来她在考虑。等她回答的工夫,我这颗心剧烈地跳动。

"不,"她回答道,"我不离开阿尔芒,我和他同居也不会掩掩藏藏。这样做也许荒唐,但是我爱他!有什么办法呢?再说,现在没有障碍了,他这样爱我已经成为习惯,哪怕每天被迫离开我一小时,也会痛苦万分。况且,我也活不了多久,何必把自己搞得那么苦,去顺从一个老人的意愿,一见他那样子我也变老了。他的钱让他留着吧,我用不着。"

"可您今后怎么办呢?"

"我一点儿主意也没有。"

普吕当丝无疑要回答什么话,然而我却突然闯进去,扑倒在玛格丽特的脚下,得知她如此爱我,我欢喜得泪流滚滚,打湿了她的双手。

"我的生命是属于你的,玛格丽特,你不再需要那个男人了,不是还有我吗?我怎么能抛弃你呢,怎么能回报够你给予我的幸福呢?再也不受约束了,我的玛格丽特,我们相爱!其余的对我们又算什么?"

"唔!对,我爱你,我的阿尔芒!"她喃喃说道,两只胳臂则搂住我的脖子。"我这么爱你,连我自己都以为办不到。我们会很幸福,过着平静的生活,我要永远告别现在令我脸红的那种生活,你也永远不会责怪我的过去,对不对?"

我泪水模糊,一时说不出话来,只能紧紧地把玛格丽特搂在胸口。

"喂,"她转向普吕当丝,声音激动地说道,"这个场面,您就讲给公爵听一听,再补上一句,就说我们不需要他的钱。"

从那天起,再也没有公爵的事儿了。玛格丽特也不再是我从前认识的那个姑娘了。她避开一切可能令我想起同她初遇时的生活情景。哪个女人对丈夫,哪个姊妹对兄弟,也绝没有她对我这样的爱,这样的体贴。她那病弱的性情,好多愁善感,容易受各种影响。她同那些女友断绝关系,也同她的旧习惯决裂,她改掉原先的话语,也舍弃从前的挥霍生活。我们走出房舍,坐上我买的那只漂亮的小船在河上游玩,而她身穿白衣裙,头戴一顶大草帽,胳膊上搭着一件丝绸外衣以御清凉的水汽,别人见了绝想不到,她就是四个月前以其奢华和放荡,惹人议论的那个玛格丽特·戈蒂埃。

唉!我们匆忙地行乐,就好像我们已经料到乐不多久了。

一连两个月，我们甚至还没有回过一趟巴黎。除了普吕当丝，以及我向您提过朱丽·杜普拉，就没有任何人来看我们了。我手头这本感人的记述，就是玛格丽特后来交给朱丽的。

我终日厮守在情人身边，我们打开对着花园的窗户，观赏夏季在它催开的百花丛中，在树阴下欢快地嬉戏；我们偎依在一起，吸纳着这种真正的生活，而此前无论玛格丽特还是我，我们都不理解这种生活。

这个女子见到一点点小东西，就像孩子那样惊讶不已。有些日子，她在花园追逐蝴蝶或者蜻蜓，活像一个十岁的小女孩。这个青楼女子从前买鲜花的费用，给一大家人快活地过日子也绰绰有余，可是现在，她有时坐在草坪上，用整整一个小时观赏与她同名的普通野花①。

也正是在那段时间，她经常阅读《玛侬·列斯戈》。她在这本书上写批注时，有几次让我撞见；她总是对我说，一个女子真爱上一个男人，就不能像玛侬那样做②。

公爵给她写来两三封信。她一认出笔迹，看也不看就把信给我。

这些信件的措辞，有时也令我热泪盈眶。

公爵原以为切断财源，就能让玛格丽特回到他身边；可是，他看到这种办法毫无作用，就再也坚持不下去了，于是写信来，重又请求像从前那样，允许他回来，无论什么条件他都接受。

我看了这些再三恳求的来信之后，便撕掉了，没有告诉玛格丽特信中写的什么，也不劝说她再见那位老人；当然，我很同情那可怜人的痛苦，想劝劝玛格丽特，但是又担心她误解我的用意，认为我让公爵恢复来往，是要让他重新负担起这座房子的用度；我尤其怕她误认为，在她对我的爱情产生严重后果时，我准备推卸负担她生活的责任。

公爵没有收到答复，结果就不再写信来了。玛格丽特和我仍旧一起生活，不去考虑将来如何。

---

① 玛格丽特在法文中是"雏菊"的意思。
② 玛侬为了生活享乐，几次欺骗并离开爱她的格里厄骑士。

第十八章

要向您详详细细地描述我们这种新生活,还是件困难的事儿。这种生活包含一系列孩子气的行为,对我们十分有趣,可是别人听了会觉得没有意思。您知道爱一个女人是怎么回事,您也知道一天天如何匆匆而过,夜晚在欢爱中度过,到了第二天还懒洋洋地赖在床上。您也不会不了解,彼此信赖,双方都沉迷于炽热的爱情,就会忘掉一切事物。除了心爱的女子,在这世上任何人都似乎是无用的造物;不该后悔从前把一些心思花在别的女人身上,而此刻握着心爱女人的手,就再难想象还可能去握别的女人的手。脑子既不活动,也不回忆,什么也分散不了对方不断向它提供的唯一关注。每天都会在情妇身上发现一种新的魅力,一种尚未领略的情欲。

人生无非是一种持续欲望的反复实现,而灵魂也不过是维持爱情圣火的女灶神①的贞女。

夜幕降临,我们常去俯临我们房舍的小树林,闲坐着聆听夜晚欢快的和声,两个人都想着即将到来的时刻,又要搂抱着欢爱到第二天。还有些时候,我们就一整天躺在床上,甚至不让阳光射进屋里来:窗帘拉得严严实实,对我们来说,外界暂时停止了。只有纳妮娜有权打开我们的房门,但也仅仅是为了给我们送饭,我们吃饭也不起床,而且边吃边嬉笑,疯疯癫癫的。然后,我们再小睡片刻,只因我们沉浸在爱河中,犹如两名执著的潜水员,浮上水面仅仅是为了换口气。

不过,玛格丽特也有忧伤的时候,甚至还流泪,我撞见了便问她,怎么突然伤心起来。她回答道:

"我们的爱情不同寻常,我亲爱的阿尔芒。你这样爱我,就好像我从

---

① 罗马神话中的女灶神维斯太(希腊神话为赫斯提),在旁边供奉她的是童贞女。

未属于过任何人；我不免担心，你爱了以后要后悔，把我的过去看成罪过；又逼我重新投入你曾把我拉出来的那种生活。想一想吧，现在我尝到了一种新生活的滋味，再回到另一种生活，我就会死去。对我说一声吧，你永不离开我。"

"我向你发誓！"

她听了这话，就定睛瞧我，仿佛要从我的眼里看出，我的誓言是否真诚，随后，她就扑进我的怀里，把头埋在我的胸口，对我说道：

"我让你发誓，是因为你不知道我有多么爱你！"

一天晚上，我们在窗口阳台俯栏，眺望似乎难以冲出云层的月亮，聆听吹动树木哗哗响的风声，我们手拉着手，默默无语长达一刻钟，玛格丽特忽然对我说道：

"冬天来了，我们走好吗？"

"去什么地方？"

"去意大利。"

"怎么，你在这儿住腻了吗？"

"我害怕冬天，我尤其害怕回到巴黎。"

"为什么？"

"原因很多。"

她没有对我讲害怕的原因，却突然又说道：

"你愿意走吗？我的全部所有都变卖了，咱们去那儿生活吧，我的过去什么也不会留下来，没人知道是谁。你愿意吗？"

"只要你喜欢，咱们就走，玛格丽特，咱们去旅行一趟，"我对她说道。"但是，何必变卖东西，你回来重睹旧物不是很高兴吗？固然，我没有足够的财产，可以接受这样一种牺牲，但是，咱们远行五六个月，我的钱还够用只要你多少能开开心。"

"还是算了，"她接着说道，同时离开窗口，走过去坐到光线幽暗处的长沙发上，"何必去那里破费钱呢？在这儿我让你花的钱已经够多的了。"

"你这是责备我，玛格丽特，这样可不够宽宏大量。"

"对不起，朋友，"她把手伸给我，说道，"这样的雷雨天气，害得我心情烦躁，话也随便乱说。"

她拥抱并吻了我之后，又长时间陷入沉思。

类似的场景出现过好几次，我虽然不了解起因，但还是发现玛格丽特

117

流露出对未来的不安情绪。她不可能怀疑我的爱情,因为它与日俱增;然而,我常看见她满面愁容,她又不向我解释缘故,除非是身体不舒服。

我担心生活太单调,她感到厌烦了,于是提议回巴黎去,可是她每次都拒绝,而且明确对我说,她到任何地方,都不可能像在乡下这样幸福。

普吕当丝很少来了,不过,她倒写了好几封信,尽管玛格丽特每次收到信都心事重重,我却从未要求看看。我要猜想也茫无头绪。

有一天,玛格丽特待在自己的房间里。我走进去,看见她在写信。

"你给谁写信呢?"我问她。

"写给普吕当丝:要我给你念念写的什么吗?"

我十分憎恶一切可能显出怀疑的言行,于是回答玛格丽特,我没有必要了解她写的什么;然而我能肯定,这封信必会告诉我她忧伤的真正原因。

次日天朗气清,玛格丽特向我提议到河上泛舟,去克罗瓦西岛游玩。看样子她玩得十分开心,傍晚五点钟我们才回来。

"杜韦尔努瓦太太来过。"纳妮娜见我们进门,便说道。

"她走了吗?"玛格丽特问道。

"走了,乘坐夫人的马车走的。她说这是讲好的。"

"很好,"玛格丽特急忙说道,"吩咐吃饭吧。"

过了两天,普吕当丝来了一封信,随后半个月,玛格丽特似乎一扫她那神秘的忧郁,愁云扫尽之后,她还一再请我原谅。

然而,马车却没有驶回来。

"怎么回事,普吕当丝不把你的马车送回来?"有一天我问她。

"那两匹马有一匹病了,马车也要修理。趁我们住在这里不用马车的时候,最好把这一切都处理好,不必等我们回巴黎再说。"

又过了几天,普吕当丝来看望我们,她证实了玛格丽特对我讲过的话。

两个女人单独在花园里散步,她们一见我去找她们,立刻改变了话题。

傍晚普吕当丝要走时,抱怨天气太凉,求玛格丽特借给她一条开司米披肩。

一个月又这样过去,玛格丽特在这期间,比任何时候都格外欢快,格外多情。

然而,马车没有驶回来,开司米披巾也没有送回来,这些情况不由得令我心生疑虑。我知道玛格丽特把普吕当丝的信放在哪个抽屉里,就趁她去花园的工夫,跑去看那抽屉,想打开却无法打开,想必钥匙拧了两圈锁住了。

于是,我又察看平时放钻石首饰的抽屉。这些抽屉一拉就开了,但是里面的首饰盒不翼而飞,当然也带走了盒里的宝物。

一阵恐惧钳住我的心。

我要去让玛格丽特承认这些物品消失的真相,但是她肯定不会向我承认。

"我的好玛格丽特,"于是我对她说道,"我来请求您允许我去巴黎一趟。家里人不知我在哪儿,父亲的信一定寄到那儿去了,他肯定挂念,我必须给他回信。"

"去吧,我的朋友,"她对我说,"不过要早点儿回来。"

我动身了。

我立刻赶到普吕当丝家。

"喂,"我开门见山问她,"老老实实地回答我,玛格丽特的马匹哪儿去啦?"

"卖掉了。"

"那条开司米披巾呢?"

"卖掉了。"

"钻石首饰呢?"

"当掉了。"

"是谁卖的,谁当的?"

"是我。"

"事先您为什么不告诉我?"

"因为玛格丽特不准我告诉您。"

"您为什么不向我要钱呢?"

"因为她不愿意。"

"这钱用到什么地方去啦?"

"用去还账了。"

"她欠账多吗?"

"大约还欠三万法郎。哎!我亲爱的,我早不对您说过吗?您就是不肯相信我的话;怎么样,现在,您该口服心服了。地毯商那儿,当初是公爵担保的,他登门时被人赶出来了,次日公爵给他写信说,再也不管戈蒂埃小姐的事了。那人来要账,我们就分期付款,总共几千法郎,也正是我向您要的那些钱。后来,一些好心人告诉地毯商,说他的债务人被公爵抛弃了,她还和一个没有财产的年轻人一起生活;其他的债主也获悉这种情况,全都来讨债,并且查封了她的财产。玛格丽特要全部卖掉,可是已经来不及了,况且我也反对。欠账必须付,为了不向您要钱,她就卖掉马匹、开司米披巾,当掉了首饰。买主有收据,当铺有当票,您要瞧瞧吗?"

普吕当丝说着,就拉开一个抽屉,指给我看那些票据。

"哼!您以为呢,"她继续说道,那副女人的固执样子表明她有权讲:我就是有理!"哼!您以为两个人相爱,到乡下过起虚无缥缈的田园生活,就算完事儿了吗?不行,我的朋友,不行。除了理想的生活,还有物质生活呢,最圣洁的决定,也都由极细的线拴在大地上,而且那是铁丝,不容易挣断。有多少机会,如果说玛格丽特没有欺骗您,那也是因为她的性情极为特殊。我规劝她也不算错,要知道,眼看着可怜的姑娘全部所有都被剥夺走了;我心里实在难过。可是她听不进去!她回答我说她爱您,绝不能欺骗您。这种表现,当然很漂亮,很有诗意了,但是这当不了钞票付给债主,今天她就再也无法应付了,我再向您说一遍,必须筹措三万法郎。"

"好吧,这笔钱,我给了。"

"您要去借债?"

"哦,当然了。"

"那您就要干一件漂亮事儿了:同您父亲闹翻,断绝您的经济来源;那可是三万法郎啊,不是说弄就能弄到的。请相信我,我亲爱的阿尔芒,我比您更了解女人;千万别干这种傻事儿,终有一天您会后悔的。您要理智一些。我并不是劝您离开玛格丽特,而是要您像夏初那样同她一起生活。就让她设法摆脱困境。公爵慢慢地还会来找她。还有德·N伯爵,如果玛格丽特肯接受他,他昨天还对我说来着,愿意替她偿还所有债务,每月供给她四五千法郎。他有二十万利弗尔的年金。这对玛格丽特来说,也是一种地位,而您呢,您终究要离开她的,不要等您破了产呀;况且,那个德·N伯爵是个傻瓜,没有什么会妨碍您继续做玛格丽特的情人。开头,她会掉几滴眼泪,但是早晚会习惯的,有朝一日,她还会感激您这样安排。您就当玛格丽特结了婚,去欺骗她的丈夫,就是这码事儿。

"这番话,我已经对您说过一次,不过,那时仅仅是一种劝告,事到如今,几乎就势在必行了。"

普吕当丝无情地剖析,讲得十分有理。

"就是这码事儿,"她又把给我看票据的抽屉关上,继续说道,"那些受人供养的女子,总是预见别人爱她们,从来预见不到她们会爱别人,否则的话,她们就会把钱攒起来,到了三十岁的时候,就可以不计金钱,放心找一个情人了。现在我明白了,若是早知道该有多好!总之,什么也不要告诉玛格丽特,把她带回巴黎。您已经同她单独生活了四五个月,这也是情理中事。闭起您的眼睛,要求您做的只是这一点。半个月之后,她就会接待德·N伯爵,今年冬天她攒些钱,明年夏天,你们再重新过这种生活。就应当这样做,我亲爱的!"

普吕当丝提出这样的忠告,显得很得意,而我却气愤地拒绝了。

不仅我的爱情、我的尊严不允许我这样做,而且我也确信,玛格丽特走到这一步,宁死也不会接受这种双重生活。

"玩笑开够了,"我对普吕当丝说道,"玛格丽特到底需要多少钱?"

"我对您说过了,大约三万法郎。"

"这笔钱什么时候需要?"

"两个月之内。"

"她会有的。"

普吕当丝耸耸肩膀。

"这笔钱到时候我交给您,"我接着说道,"但是您要向我发誓,不要告诉玛格丽特是我交给您的。"

"您就放心吧。"

"她再托您出卖或者典当别的东西,您就马上告诉我。"

"没有这种危险了,她什么也没有了。"

我先回自己的住宅瞧瞧,有没有我父亲的来信。

寄来四封信。

第十九章

在先来的三封信中,父亲收不到我的音信,心中十分挂念,问我是什么缘故。在最后一封信里,他向我透露已有人告诉他有关我的生活变化,并且通知我不久他就要来巴黎。

我一向十分敬重,也由衷地爱戴我的父亲。我回信说明,我未通音信,是因为我有一次短途旅行,并请他告诉我到达的日期,我好去接他。

我把乡下的地址给了我的仆人,吩咐他一接到盖有 C 城邮戳的信件就给我送去;然后,我立即赶回布吉瓦尔。

玛格丽特在花园门口等着我。

她的目光流露出不安的神色。她扑上来搂住我的脖子,忍不住问我:

"你见到普吕当丝啦?"

"没有。"

"你去巴黎时间够长的。"

"我接到了父亲的几封来信,必须答复。"

过了一会儿,纳妮娜气喘吁吁地进门。玛格丽特站起身,走过去同她低声说话。

等纳妮娜出去之后,玛格丽特重又坐到我身边,拉起我的手:

"你为什么骗我?你去了普吕当丝家吧?"

"谁告诉你的?"

"纳妮娜。"

"她是怎么知道的?"

"她跟踪你了。"

"怎么,你让她跟踪我?"

"对。你四个月没有离开过我,这次要去巴黎,我想一定有重大的事由。我怕你遭遇了什么不幸,或者,你也许去看另一个女人。"

"真是个孩子!"

"现在我放心了,我知道你做了什么,但是还不知道别人对你说了什么。"

我给玛格丽特看我父亲寄来的信。

"我不是问你这个,而是想知道,你为什么去普吕当丝家。"

"去看看她。"

"你说谎,我的朋友。"

"好吧,我去问她那匹马病情好些没有,她是不是不再需要你的开司米披巾,也不需要你的首饰了。"

玛格丽特脸红了,但是并不回答。

"结果,"我接着说道,"我得知你的马匹、开司米披巾和钻石首饰都派了什么用场。"

"你怪我吗?"

"怪你没有想到缺什么向我要。"

"处于我们这样的关系,如果女人还有一点点尊严,她就应当作出各种可能的牺牲,而不是向情人要钱,给自己的爱情染上图利的色彩。你爱我,这我坚信不疑,但是你并不知道,别人对我这样姑娘的爱情,在心中是由多么纤细的线维系着。谁知道呢?难说不会有那么一天,你手头拮据或者感到厌腻了,就可能想象自己落入我们精心设计的圈套!普吕当丝是个长舌妇。难道我用得着那些马匹吗!马卖掉了,还省我的钱呢;没有马照样生活得很好,我也再不用为马匹开销了。我的全部要求,就是你爱我,而且没有马匹、没有开司米披巾,没有钻石首饰,你也同样爱我。"

她讲这番话的时候,口气十分自然,我听着听着,就不由得热泪盈眶。

"可是,我的好玛格丽特,"我深情地紧紧握住我情人的手,"你明明知道,总有一天我要得知你做出的这种牺牲,到了知情的那天,我就真的受不了啦。"

"为什么受不了呢?"

"因为,我亲爱的孩子,哪怕是一件首饰,我也不愿意你因为爱我而舍弃。我也不愿意你一旦陷入困境,或者感到厌烦的时候,就可能这样考虑;你若是同另一个男人一起生活,就不会碰到这种情况;你就要后悔,哪怕是一分钟的工夫,后悔不该和我一起生活。几天之后,你的马匹、披巾和钻石

首饰,全部要归还给你。这些你少不了,就像生命少不了空气一样。也许这挺可笑,不过,我爱你朴素,更爱你奢华。"

"这么说,你不爱我啦!"

"胡说!"

"你若是爱我,就让我以自己的方式爱你;反之,你还继续把我看成一个离不开奢侈生活的姑娘,总认为自己非得付钱不可,而接受我这爱情的明证就感到羞愧。总有一天,你会不由自主地想到离开我,这样,你心存顾忌,就力图避免引起任何怀疑。你这样做是对的,我的朋友,只是,我原先希望的那么好。"

玛格丽特说罢,就要站起身;我却一把拉住她,对她说道:

"我的愿望是让你幸福,不让你有任何事儿好指责我的,不过如此。"

"接着我们就要分开!"

"为什么呢,玛格丽特?谁能把我们拆开?"我高声说道。

"你呀,你不愿意让我了解你的处境,你的虚荣心表现在保持我的虚荣心;你让我维持从前所过的奢华生活,就是要保持将我们隔开的精神距离;总之,你还不够相信我的爱情是无私的,可以靠你现有的财产,我们就能过幸福的日子,你宁愿把自己搞得倾家荡产,甘心做那种可笑的偏见的奴隶。难道你以为,我能拿一辆马车和首饰,同你的爱情相比吗?难道你以为,我的幸福就是追求虚荣吗?殊不知人毫无爱情的时候,就满足于虚荣,一旦有了爱,虚荣就变得一文不值了。你要替我还债,你要预先动用你的财产,总之,你要供养我!这一切,能够支持多久呢?两三个月吧,到了那时,我再向你提议过那种生活就太晚了,因为到了那时,你就得接受我的一切,这是一个堂堂男子汉所不能接受的。现在呢,你每年有八千至一万法郎的收入,这足够我们生活的了。我卖掉我多余的东西,仅用这变卖所得,我就可以换取两千利弗尔的年金。我们可以租一小套漂亮的房屋,我们二人住进去。每年夏天,我们到乡下来,不是住在这样的小楼,而是租一座小房,够两个人住就行了。你能独立,我有自由,我们又都年轻,看在上天的份儿上,阿尔芒,不要再把我投入从前的生活,那种活法是迫不得已的啊。"

我无言以对,感激和爱情的泪水盈眶,扑进玛格丽特的怀中。

"我本想一句也不对你讲,"她又说道,"暗中把一切都安排好:债务全部还清,新居也让人收拾妥当。到了十月份,我们就搬回巴黎,到那时就木已成舟。可是,既然普吕当丝全对你讲了,那你就得事先赞成,而不是事后同意了。——你又这么爱我,接受这一安排吗?"

无法抗拒这样忠贞的情感。我激动地亲吻玛格丽特的手,对她说道:

"我完全照你的意思办。"

她先前决定的事情,就这样商定了。

于是,她简直欣喜若狂,又是跳舞,又是唱歌,欢庆那新居的简朴:新居在哪个街区,如何布置,她都同我商量好了。

我见她又喜悦,又得意,似乎这个决定最终能把我们二人拉近了。

因此,我也不愿意欠她的情。

转瞬之间,我就决定了我的生活。我权衡了一下我的财产状况,打算把母亲留给我的年金赠给玛格丽特,但我仍然觉得这远远不够回报她为我做出的牺牲。

我留下父亲给我的五千法郎的年金,无论出现什么情况,靠这笔年金总能维持生计。

我的决定没有告诉玛格丽特,心想事先一讲,她准会谢绝这笔馈赠。

这笔年金是用六万法郎的房产抵押款办来的,而那座房子我连见都没见过。我所知道只有这一点:我们家的老朋友,我父亲的公证人,每个季度交给七百五十法郎,要我一张简单的收条。

玛格丽特和我回巴黎找房子那天,我去拜访了那位公证人,问他要采用什么方式,我才能把这笔年金转到另一个人的名下。

这位好人以为我破产了,问我做出这种决定的缘由。我考虑迟早要告诉他受益人是谁,就干脆当即向他和盘托出。

他没有向我提出任何异议,作为公证人和朋友,他有权指出不妥之处,但他没有提出任何异议,而是向我保证他会把一切安排得尽善尽美。

自不待言,我叮嘱他对我父亲严守秘密。然后,我到朱丽·杜普拉家去找玛格丽特:她不愿意听普吕当丝的说教,宁可到朱丽·杜普拉家等我。

我们开始找房子,凡是看过的,玛格丽特都认为房租太贵,而我觉得都太简陋了。不过,最终我们还是达成一致意见,在巴黎最安静的一个街区,看中与主宅分离的一座小楼。

小楼后身展现一座赏心悦目的花园,附属于小楼,围墙相当高,既能把我们同邻居隔开,又不遮挡视线。

这比我们希望的要好。

我回自己的住处退房子,玛格丽特则去见一位商人,据她说,那人曾为她的一个女友办过她现在要委托办的事情。

玛格丽特满心欢喜,又回到普罗旺斯街来找我。那人向她承诺还清她的全部债务,给她收据,还付给她两万法郎,作为她出让的所有家具的报酬。

您从卖出的高价可以看到,那位正派人从他的女顾主身上赚了三万多法郎。

我们兴高采烈,又返回布吉瓦尔,而且还继续交换看法,做未来的打算。我们全凭无忧无虑,尤其我们的爱情,展望未来一片光辉灿烂。

一周之后,我们正在用午饭,纳妮娜进来禀报,说我的仆人要见我。

我让他进来。

"先生,"他对我说道,"令尊到了巴黎,在您的住宅等着您,他要求您立刻回去。"

这一消息再普通不过了,然而,玛格丽特和我一闻此信,便面面相觑。我们从这件事中预感到不幸。

玛格丽特虽然没有对我讲她的感觉,但是我有相同的反应,因此,我还是朝她伸过手去,回答这种担心:

"什么也不用怕。"

"尽量早点儿回来,"玛格丽特拥抱我,低声说道,"我在窗口等着你。"

我打发约瑟夫去告诉我父亲,说我随后就到。

两小时之后,我果然赶到了普罗旺斯街。

第二十章

我父亲身穿便袍,坐在我的客厅里,正在写着什么。

我一进屋,从他朝我抬起眼睛的样子,就立刻明白事情很严重。

然而,我还是走上前,拥抱我父亲,就好像我从他脸上什么也没有看出来:

"父亲,您是什么时候到达的?"

"昨天晚上。"

"您还像往常那样,下车就住到我这儿啦?"

"对。"

"我很抱歉没有在家迎候您。"

我料想父亲一听这话,准会向我抛来冷冰冰的面孔所预示训诫;然而他却一言不发,继续做他的事,封上刚写完的信,交给约瑟夫投寄。

等到只剩下我们二人时,父亲站起身,背靠着壁炉,对我说道:

"我亲爱的阿尔芒,有些严肃的事,我们要谈一谈。"

"我洗耳恭听,父亲。"

"你保证对我讲实话吗?"

"这是我的习惯。"

"你同一个叫玛格丽特·戈蒂埃的女人同居,这是真的吗?"

"是真的。"

"你知道她原先是什么人吗?"

"一个青楼女子。"

"你就是为了她,今年都顾不上回家看我们,看望你妹妹和我吗?"

"对,父亲,我承认。"

"这么说,你很爱那个女人啦?"

"您看得一清二楚,父亲,既然她使我疏忽了一项神圣的义务,对此,我今天恳请您宽恕。"

我父亲无疑没有料到我回答得这样干脆,因为,他似乎思考了片刻,然后对我说道:

"你显然已经明白,你不可能一直这样生活下去。"

"我是担心过,父亲,但是我并不明白。"

"可是您应当明白,"我父亲继续说道,语气也转而冷淡一些,"我是不能容忍这种事的。"

"我也想过,只要我不做出有辱我们的姓氏,有损家庭世传名声的事情,我就可以这样生活,于是我就心安一点儿了。"

炽热的爱情给人勇气对抗亲情。为了保住玛格丽特,我准备进行一切抗争,甚至抗拒我的父亲。

"看来,换一种生活方式的时候到了。"

"哦!为什么呢,父亲?"

"因为您以为看重家庭的名声,现在做的事情却有辱门风。"

"这话的意思我不理解。"

"我来向您解释。您有一个情妇,这很好;您像一个风流体面的男子,照规矩付钱给一个相好的青楼女子,这也再好不过。然而,您若是因为她,将最神圣的事物置于脑后,让您生活的丑闻一直传到家乡,给我赋予您的清白的姓氏蒙上阴影,这样现在不行,将来也不行。"

"请允许我对您说,父亲,向您提供这种情况的人,所掌握的情况不准确。我是戈蒂埃小姐的情人,和她一起生活,这是最普通不过的事情。我并没有把承袭您的姓氏给予戈蒂埃小姐,我为她所花的费用,也在我的经济来源的限度之内,我没有借过一笔债;总之,这些情况,任何一种都没有在我身上发生,而只有这些情况,才允许父亲对儿子讲您刚刚对我讲的话。"

"父亲看见儿子走上邪路,什么时候都有责任将他拉出来。您还没有干什么坏事,但是将来会干的。"

"父亲!"

"先生,我比您更了解人生。只有完全贞洁的女人,才有完全纯洁的感情。任何一个玛侬那样的女人,都能造出一个德·格里厄;而时代和习俗都改变了。人世如果不纠正自己的过错,也就枉然增长岁月了。您必得离开您的情妇。"

"我很遗憾不能服从您,父亲,那是不可能的。"

"我要强行让您服从。"

"可惜的是,如今已经没有流放妓女和圣玛格丽特群岛了;即使还有,而您又设法让人把戈蒂埃小姐放逐,我也要追随她去那里。有什么办法呢?也许我错了,然而,只有继续做这个女人的情人,我才会幸福。"

"好了,阿尔芒,睁开您的双眼,看清面前是您的父亲,始终爱您、只希望您幸福的父亲。同一个人人皆夫的女人姘居,这对您难道体面吗?"

"这有什么关系呢,如果再也不会有人占有她了!这有什么关系呢,如果这个姑娘爱我,如果她借助她对我的爱和我对她的爱,获得了新生!总之,这有什么关系呢,如果她改过自新!"

"哼!先生,难道您以为,一位体面的男人的使命,就是让妓女转化吗?难道您以为,上帝只赋予人生这个荒唐可笑的目的,人心就不应有别种令人振奋的事情吗?这种神奇的转化究竟会有什么结果,而您到了四十岁的时候,又该如何看待您今天讲的话呢?到了那时,您就会嘲笑您的爱情,假如那时您还笑得出来,假如您的爱情没有在您走过的路留下太深的痕迹。您的父亲,早年如果也有您这种念头,凭着爱情的各种冲动去生活,而不求安身立命,牢牢把握荣誉和忠于职责的思想,那么今天,您会处于什么样境况呢?考虑考虑吧,阿尔芒,不要再讲这种傻话了。喏,您就离开那个女人吧,算是父亲恳求您了。"

我不应声。

"阿尔芒,"我父亲接着说道,"看在您母亲在天之灵的分儿上,相信我的话,放弃这种生活吧。要知道,这种生活,是一种行不通的理论将您拖进去的,您想得好,其实您很快就会忘掉。您不可能永远爱这个女人,她也不会永远爱您。你们双方都夸大了你们之间的爱情。您把所有的路都堵死了。您再往前跨一步,就再也不可能离开您现在走的这条路了,您要终生痛悔自己的青春。走吧,回到您妹妹身边待一两个月。您得到休息,又有骨肉之情,就能很快治愈这种狂热症,因为,这不过是一种狂热罢了。

"在您离开的这段时间,您的情妇会有自我安慰的办法,另外找一个情人,于是您就将看到究竟为了什么人,您差一点儿跟父亲反目并失去父爱,您也要对我说我来找您做得很对,因而您要感激我。

"好了,你会走的,对不对,阿尔芒?"

我感到父亲讲的话,适用于所有女人,但是我又确信,他那么说玛格丽特却没有道理。不过,他讲最后几句话的语气特别和蔼,特别恳切,我实在不敢回嘴。

"怎么样?"他声音激动地问道。

"是这样,父亲,我还不能答应您什么,"我终于说道,"您向我提出的要求,已经超出了我的能力。请相信我,"我见他有不耐烦的表示,便继续说道,"您高估了这种关系的后果。玛格丽特不是您所想的那种姑娘。这种爱情,非但不能把我引上邪路,反而会激发我身上的高尚的情感。真正的爱情总能让人变得更好,不管这种爱是什么女人引发的。假如您认识玛格丽特,您就会明白我没有冒任何风险。她很庄重,赛似最庄重的女子。其他女人的贪心,同她的无私恰好成正比。"

"然而,这并不妨碍她接受您的全部财产;您母亲给您留下的六万法郎,您要送给他,您记住我对您说的话,那可是您的唯一财产。"

我父亲把这种话和这种威胁留到最后,大概是要给我最后一击。

我面对他的威胁,要比面对他的恳求更加坚定。

"谁告诉您要把这笔钱赠给她?"我又问道。

"我的公证人。一个正派人,能不通知我就办这种事吗?喏,我赶到巴黎来,就是要阻止您为讨好一名妓女而落个一贫如洗。您母亲临终时给您留下这笔钱,是让您过上体面的日子,而不是让您到情妇面前充大方。"

"我向您发誓,父亲,玛格丽特并不知道这笔馈赠。"

"那么您为什么要赠送呢?"

"就因为玛格丽特,这个被您诬蔑、还要我抛弃的女人,为了同我一起生活,牺牲掉了她拥有的一切。"

"而您就接受这种牺牲?您究竟是什么人啊,先生,居然允许玛格丽特这样一位小姐为您做出牺牲?好了,够了。您一定得离开这个女人。刚才我是恳求您,现在我是命令您。我的家庭容不得这样肮脏事儿。您收拾行李,准备跟我走吧。"

"请原谅我,父亲,"我于是答道,"我不走。"

"为什么?"

"因为我已经长大成人,不再唯命是从了。"

听了这句回答,我父亲的脸刷地白了。

"很好,先生,"他接口说道,"我知道该怎么治您。"

他摇了摇铃。

约瑟夫进来了。

"让人把我的行李搬到巴黎旅馆。"他对我的仆人说道。与此同时,他走进自己的卧室,换好衣裳。

等他出来的时候,我迎上前去。

"您能答应我吗,父亲,"我对他说道,"绝不做让玛格丽特难过的事儿?"

我父亲停下脚步,鄙夷地看了看我,仅仅回答我一句:

"我想您是疯了。"

说罢,他便出去,在身后重重地把门关上。

我也下楼去,叫了一辆马车,动身回布吉瓦尔。

玛格丽特在窗口等着我。

第二十一章

"终于回来了!"她高声说道,同时扑上来搂住我的脖子。"你回来了!你的脸好苍白啊!"

于是,我就向她叙述了我同父亲的争执。

"噢!我的上帝!我就料到了,"她说道。"约瑟夫一来就向我们通报你父亲到了,我浑身一抖,就好像听到不幸的消息。可怜的朋友!你这么忧伤,是我引起的。也许你最好离开我,免得同你父亲闹翻。按说,我没有做任何损害他的事。我们老老实实地过日子,以后还要更加安安稳稳地生活。他明明知道,你应当有一个情妇,而这人是我,他应当高兴才是,因为我爱你,也不奢求你承受不了的享乐。我们是如何安排今后生活的,你对他讲了吗?"

"讲了,正是这事最令他恼火,因为他看出,这种决定证明了我们相爱。"

"那怎么办呢?"

"留在一起,我的好玛格丽特,等着这场风暴过去。"

"风暴会过去吗?"

"肯定会过去的。"

"可是,你父亲不会就那么罢手吧?"

"他还能怎么样呢?"

"那我怎么知道呢?一位父亲,总要千方百计让儿子听话。他会提醒你注意我的经历,也许还要特意为我编造新的绯闻,好让你抛弃我。"

"你很清楚我爱你。"

"对,可是我也知道,早晚也得服从父亲的意志,也许最终你会被说服的。"

"不会,玛格丽特,最终我要说服他。他发那么大火,是他的一些朋友说三道四,从一旁点起来的。其实,他心地善良,为人也公正,他会改变先入为主的印象。再说,我就根本不在乎!"

"不要这么讲,阿尔芒,无论如何,我也不愿意让人以为,是我的挑唆你跟家庭闹翻的。就让这一天过去吧,明天你回到巴黎;你们父子二人,各自也都再三考虑了,也许你们能更好地相互理解。不要触犯他的原则,要表明你对他的意愿让了步,不要显得太依恋我。要抱着希望,我的朋友,要确信一件事,就是无论发生什么情况,你的玛格丽特都始终是你的。"

"你这是对我发誓吗?"

"还用得着我对你发誓吗?"

让心爱的人的声音说服,该有多么甜美啊!玛格丽特和我,我们一整天都在重复所做的计划,就好像我们明白时不我待,必须尽快实现。我们时刻准备会有什么事情发生,所幸一天平安过去,没有出现任何新情况。

第二天,我十点钟动身,将近中午抵达旅馆。

我父亲已经出门了。

我又到自己的住宅,希望他有可能去了那里。并没有人来过。我再找我的公证人:他那儿也没人。

我回到旅馆,一直等到晚上六点钟,也不见杜瓦尔先生回来。

于是,我又返回布吉瓦尔。

我发现玛格丽特不像昨天那样等待我,而是坐在已到季节生起的炉火前。

她坐在那里沉思默想,就连我走近她的坐椅时,她也没有听见,没有转过身来。直到我的嘴唇贴上她的额头,她才战栗一下,就仿佛被这一吻惊醒了。

"你吓着我了,"她对我说道,"你父亲呢?"

"我没有见到。也不知道是怎么回事儿,无论到他下榻的旅馆,还是他可能去的地方,哪儿我也没有找见他。"

"那就算了,明天再从头做起。"

"我还是愿意等他派人来找我。我想,应该做的我都全做了。"

"不对,我的朋友,还根本不够,还必须回到你父亲那里,尤其是明天。"

"为什么是明天,而不是别的日子?"

"就因为,"玛格丽特答道,她听了我这样发问,脸色好像微微红了,"就因为你求见越显得迫切,我们就越能快些得到宽恕。"

这一天余下的时间,玛格丽特总是心事重重,魂不守舍,一副愁苦的样子。我对她说什么话,往往要重复一遍,才能得到她的回答。她说这种忧虑是担心前途,由这两天的突发事件引起的。

我一整夜都在劝她放心,而次日她催促我动身,那种惴惴不安的神情叫我无法解释。

同昨天一样,我父亲又不在,但是他出门时,给我留下这样一封信:

> 如果今天您又来看我,就等到下午四点钟;假如到四点钟我还未回来,那就明天再来同我用晚餐:我必须和您谈谈。

我一直等到指定的时间,不见父亲回来,我就走了。

我发现头一天玛格丽特满面愁容,这一天则焦灼不安,坐立不宁。她一见我进屋,就紧紧搂住我的脖子,而且还在我的怀抱里哭了好长时间。

她的情绪越来越坏,这样痛苦也突如其来,我不免惊慌起来,问她这是何故。她没有告诉我任何确切的原因,只进一些女人不愿讲真话时所用的那套话。

等她的情绪稍许平静一点儿,我就向她讲述了这趟巴黎之行的结果,还拿出父亲的信来给她看,让她注意我们能从信中看出好征兆。

她一见这封信,又听到我的想法,就哭得更厉害了。我赶紧叫来纳妮娜,我们担心她的精神受了刺激,就安置可怜的姑娘躺下。她泪流不止,一句话也讲不出来,但是拉住我的双手不放,不断地亲吻。

于是我问纳妮娜,我出门的时候,女主人是不是收到一封信,或者有人来访,才引起情绪这么大波动。可是,纳妮娜却回答说,既无人来访,也无人送来任何东西。

然而,从昨天起,肯定发生了什么事儿,玛格丽特越是隐瞒,就越令我不安。

到了晚上,她的情绪略微显得平静一些;她让我坐到她床脚,长时间地再次向我表白她的爱多么坚贞。随后,她又冲我微笑,但是笑得十分勉强,泪水情不由己地模糊了她的眼睛。

我千方百计,要她向我袒露这样伤心的真正起因;可是她也有一定之规，总讲一些我已经告诉您的那种空泛的理由。

她终于在我的怀里睡着了，但这是让人疲惫，得不到休息的睡眠：她不时尖叫一声，随即惊醒，看到我在身边才放下心来，又让我向她发誓永远爱她。

这种间歇性的痛苦一直延续到早上，我根本不明白是何缘故。到了早晨，她才昏昏沉沉睡着了。她已经有两个晚上没有睡觉了。

这一次也没有睡多久。

将近十一点钟，玛格丽特醒来，她看见我已经起床，便环视周围，高声说道："怎么，你准备走啦？"

"不走，"我抓住她的双手，说道，"我是想让你多睡一会儿。时间还早呢。"

"你几点钟去巴黎？"

"四点钟。"

"去那么早？你走之前，要一直陪着我，对不对？"

"当然了，这不是我的习惯吗？"

"多让人幸福！"

"我们吃午饭吗？"她心不在焉地又问道。

"如果你愿意就安排。"

"还有，一直到走的时候，你都要搂着我吧？"

"对，而且，我也尽早赶回来。"

"你还回来？"她眼睛怔怔地看着我，说道。

"当然回来。"

"是这样，今天晚上你还回来，我呢，还像往常那样等着你，你还爱我，我们还会像相识之后那样幸福。"

这几句话讲得语调不连贯，似乎掩藏着一种久拖的痛苦念头，因而我十分担心，玛格丽特时刻都可能神志不清了。

"你听着，"我对她说道，"你病了，我不能把你这样丢下不管。我这就给我父亲写信，不让他等我了。"

"不！不！"她突然高声说道，"不要这样。你父亲又该怪我说，他要见你我总阻拦你去；不行，不行，你一定得去，一定得去！而且，我也没病，我身体好极了。我这样子，是因为做了个噩梦，还没有完全醒来。"

从这一刻起，玛格丽特尽量显得愉快些，她也不再流泪了。

到了我该动身的时候,我拥抱并吻她,问她是否愿意把我一直送到火车站:我是希望她走一走散散心,呼吸新鲜空气也对她有益。

我尤其要尽量同她在一起多待些时候。

她同意了,便穿上一件大衣,同纳妮娜一道送我,免得一个人回来孤单。

有多少回我都不想走了。不过,可望很快能回来,又怕再次惹父亲对我不满,我也就硬挺着乘车走了。

"今天晚上见。"分别时我对玛格丽特说道。

她没有应声。

我对她讲同样的话她没有回答,这情况已经有过一次,就是德·G伯爵,您还记得他吧,就是伯爵去她家过夜的那天;不过事情过去很久了,仿佛已经从我的记忆中抹去,如果我还担心什么,那也绝不再是玛格丽特欺骗我。

我到了巴黎,就跑去找普吕当丝,请求她去看望玛格丽特,希望她那种活跃和喜悦能给玛格丽特消愁解闷。

我没让人通报就进去了,看见普吕当丝正在梳妆打扮。

"哦!"她神色有点儿不安地对我说道,"玛格丽特和您一起来了吗?"

"没有。"

"她身体好吗?"

"她不大舒服。"

"她不来了吗?"

"她打算来了吗?"

杜韦尔努瓦太太脸红了,颇为尴尬地答道:

"我的意思是:既然您来巴黎,她不来同您会合吗?"

"不来。"

我注视普吕当丝;她垂下眼睛,从她那神态我仿佛看出,她怕我的来访拖长时间。

"我来就是请求您,我亲爱的普吕当丝,假如您没有什么事,那么请您今天晚上去看看玛格丽特,去陪陪她,也可以睡在那里。我从未见过她今天这种样子,我真担心她别病倒了。"

"我在城里用晚餐,"普吕当丝答道,"今天晚上去不了,明天我再去看玛格丽特吧。"

我告辞了,觉得杜韦尔努瓦太太几乎跟玛格丽特一样,也心事重重。我前往父亲下榻的旅馆,他见我的第一眼就注意观察我。

他向我伸出手来。

"您两次来看我,我很高兴,阿尔芒,"他对我说道,"这就让我产生希望,您那边考虑过了,正如我这边也考虑过一样。"

"能允许我问一声吗,父亲,您考虑的结果是什么呢?"

"我考虑的结果是,我的朋友,我夸大了别人提供给我的情况的严重性,我就打算对你不那么严厉了。"

"您说什么,父亲!"我高兴地大声说道。

"我是说呀,亲爱的孩子,哪个年轻人都得找个情妇,根据我所得到的新的情报,我倒喜欢看到戈蒂埃小姐当你的情妇,而不是另一个女人。"

"我的好父亲!您真让我幸福!"

我们就这个话题聊了一会儿,然后入座吃饭。晚饭自始至终,父亲都那么和蔼可亲。

我急切地想返回布吉瓦尔,把这可喜的变化告诉玛格丽特。我不时地望望挂钟。

"你在看时间,"父亲对我说道,"这么着急要离开我。唉!如今的年轻人啊!你们总是牺牲真挚的亲情,去追求靠不住的爱情吗?"

"不要这么讲,父亲!玛格丽特爱我,这一点我深信不疑。"

我父亲不置可否,那样子既不怀疑,也不相信。

他再三坚持,一定要我和他共度一个夜晚,第二天再走。然而,我离开时丢下了生病的玛格丽特,请求父亲允许我早点儿回去看她,并且答应他第二天再来。

天气晴好,父亲要一直送我到车站站台。我从未感到如此幸福。在我看来,未来正如我长久以来所憧憬的那样。

我也从未像现在这样爱我父亲。

就在我要动身的时候,他最后一次挽留我,被我拒绝了。

"你真的很爱她啦?"父亲问我。

"一片痴情。"

"那就去吧!"父亲说着,抬手抹了一把额头,就好像要驱走一个念头;继而他张了张嘴,似乎要对我说什么,但是欲言又止,仅仅同我握了握手,就突然离去,还冲我嚷了一句:"好吧,明天见!"

第二十二章

我就觉得车厢没有行驶。

十一点钟,我到达布吉瓦尔。

我那房子没有一扇窗户有灯光,我拉响门铃,也没有人应声。

我还是头一回碰到这种情况。园丁终于来了。我进了大门。

纳妮娜拿着灯火来迎我。我走到玛格丽特的房间。

"夫人在哪儿?"

"夫人去巴黎了。"纳妮娜回答我。

"去巴黎了!"

"是的,先生。"

"什么时候走的?"

"就在您走后一小时。"

"她什么话也没有给我留下吗?"

"没有。"

纳妮娜退下。

"她很可能担心,"我心中暗道,"就去巴黎查证一下,我对她说是去看父亲,别是一种借口,好赢得一天的自由。"

"也有可能普吕当丝给她写了信,说有重要事情。"剩下我一人时,便这样想道,"可是我一到巴黎就见了普吕当丝,她对我讲的话,没有一句能让我猜测她给玛格丽特写了信。"

猛然间,我想起对她说玛格丽特病了的时候,杜韦尔努瓦太太问了这么一句:"怎么,她今天不来了吗?"同时我还想起,我听了这句似乎透露一次约会的话,就注意看她时,普吕当丝的神态好尴尬。接着又联想起玛格丽特流了一天的眼泪,这一点倒因父亲的亲热接待而淡忘了。

从这时候起,一天所发生的所有情况,就全部汇聚到我初萌的怀疑周围,将这怀疑牢牢地固定在我的头脑里;所有情况,甚至父亲的宽宏大量,都成为证据。

玛格丽特几乎是要求我去巴黎的;当我提出留在她身边时,她还佯装平静下来。难道我陷入一个圈里?玛格丽特欺骗了我吗?她原打算及早赶回来,就不会让我发现她外出了,不料被意外的事情给拖住了吧?为什么她对纳妮娜什么也不讲?为什么她也不给我留个字条呢?她流泪,又独自出门去,神神秘秘的,究竟是怎么回事儿呢?

这就是我怀着惶恐的心情,站在这间空荡荡的屋里所产生的种种念头,同时两眼盯着挂钟:指到午夜的时针仿佛告诉我,时间太晚了,我不可能再期望看到我的情妇回来了。

然而,玛格丽特做出了那种牺牲,我也接受了,我们刚刚安排好了今后的生活,她还可能欺骗我吗?不可能。我竭力抛开我这些最先产生的猜测。

可怜的姑娘也可能为她的家具找到了买主,于是她前往巴黎签订这桩生意。她事先不愿意告诉我,只因她知道我虽然接受出让家具,为保障我们未来的幸福,但是心里毕竟很难过,她就怕跟我讲了,会伤害我的自尊心和高雅的性情。她宁愿等这一切了结之后,再重新面对我。普吕当丝显然是等她去办这件事,结果在我面前露了马脚:玛格丽特今天不可能办完事情,就住在那里,也许过一会儿就可能回来,因为她想得到我会多么担心,肯定不愿意把我一个人丢在这里。

"可是,为什么流那么多眼泪呢?可怜的姑娘爱是爱我,要狠心放弃奢华的生活,她一定也伤心流泪,毕竟在这之前,她过惯了那种生活,又幸福又令人羡慕。"

我倒十分乐意原谅玛格丽特难以割舍的心情,急切等她回来,好一边尽情地吻她,一边对她讲,我早已猜出她偷偷出门的原因了。

然而,夜越来越深了,还不见玛格丽特回来。

不安的铁箍逐渐收紧,勒住我的头和我的心。也许她出了什么事儿!也许她受了伤,生了病,丧了命!也许不久就会来一个送信人,通知我发生一起惨痛的事故!也许到了白天,我还要处于同样惴惴不安,同样担心得要命的状态。

现在我不再想玛格丽特欺骗我,她出门去而让我在惶恐不安中等待她。肯定有一种不以她的意志为转移的原因,将她拖在远离我的地方。我越想越确信,这种原因只能是遭遇了什么不幸。唉!人的虚荣心啊!总是以各种形式表现出来。

一点钟刚刚敲过。我想再等一小时,到了凌晨两点钟,如果玛格丽特还不回来,我就动身去巴黎。

我不敢多想了,在等待的时候就找一本书看。

《玛侬·列斯戈》就摊在桌子上。书页上许多处都仿佛被泪水打湿过。我翻了翻,又把书合上了;我疑虑重重,看书上的文字也都丧失了含义。

时间缓缓流逝。天空布满乌云。一场秋雨敲打着玻璃窗。空空的床铺,有时就觉得像一座坟墓。我真感到害怕。

我打开门,侧耳倾听,唯闻树木间萧萧的风声。大路上没有驶过一辆马车。教堂的钟声凄凉,敲响了半点钟。

我甚至害怕有人乘虚而入,觉得在这种深夜,在这种鬼天气,来找我的只能是一个不幸的事件。

两点钟的钟声敲响了。我又等了片刻。唯有挂钟有节奏的单调声响,打破这周围的寂静。

终于,我离开这个房间:屋中最小的物品,也无不披上由内心不安的孤独向周围散布的凄凉。

我走进隔壁房间,看到纳妮娜伏在她的活计上睡着了。门声一响,她便醒来,问我是不是女主人回来了。

"没有。不过,她如果回来,您就告诉她,我实在不放心,就动身去巴黎了。"

"这个时候走?"

"对。"

"可是怎么去呢?您找不到马车。"

"我步行去。"

"可是外面下雨呢。"

"那有什么关系?"

"夫人要回来了,即使不回来,等到天亮再去也不晚,去看看她是因为什么事儿滞留了。您这样走远道儿,别让人杀害了。"

"没有危险,我亲爱的纳妮娜,明天见。"

这个忠厚的姑娘去找我的斗篷,给我披到肩上。她还要去叫醒阿尔努大妈,问问她能不能找到一辆马车。但是我不同意,确信有这样折腾的时间,我会赶一半路程了。

况且,我也需要新鲜空气,让身体累一累:身体疲惫,就会耗尽控制我的亢奋的情绪。

我拿了昂坦街那处房子的钥匙,纳妮娜一直送我到铁栅门;我对她说声再见,便上路了。

开头我跑起来,但是地面刚刚被雨淋湿,就要花双倍的力气,跑了半个小时就不得不停下。我大汗淋漓,停下喘口气,又继续赶路。夜色极为浓重,我担心随时会撞到路边的树上。眼前突然出现的树木,真像朝我冲来的高大的鬼怪。

路上遇见一两辆运货马车,很快就被我甩到后面。

一辆敞篷四轮马车,朝布吉瓦尔方向疾驰过来,从我面前经过时,我忽然萌生一个希望:玛格丽特就在车上。

我站住喊道:"玛格丽特!玛格丽特!"

可是没人应声,马车继续赶路。我目送它驶远;又接着往前走。

我用了两个小时,到了星形广场城关。

我望见巴黎城区,就恢复了力量,沿着下坡路跑去;这条长长的林荫路,我算不清走过多少趟。

这天夜里,这条路没有过一个行人。

真好像在一座死城里散步。

天蒙蒙亮了。

我赶到昂坦街的时候,这座大都市已经开始动弹了,但是还没有完全醒来。

我走进玛格丽特的住宅时,圣罗克教堂的大钟正好敲响五点钟。

我向门房报了姓名,从前他从我手里收了不少二十法郎的金币,知道我有权在清晨五点钟进戈蒂埃小姐的家门。

因此毫无阻碍,我就进去了。

本可以问一声玛格丽特是否在家,但是门房可能回答我说不在;我宁愿多怀疑两分钟,因为有怀疑就有希望。

我把耳朵贴到门上窃听,想听见一点儿响声、一点动静。

悄无声息。乡间的寂静仿佛一直扩延到这里。

我打开房门,走了进去。

窗帘全拉得严严实实。

我打开餐室的窗帘,又走向卧室,推开房门。

我扑向窗帘的拉绳,猛力一拉。

窗帘向两边分开;微弱的晨光透进来,我跑到床前。

床铺空无一人!

我把套房的每扇门都一一打开察看每间屋子。

一个人也没有。

简直让人发疯。

我走进梳妆室,打开窗户,连声呼唤普吕当丝。

杜韦尔努瓦太太的窗户始终紧紧关着。

于是,我又下楼去找门房,问他昨天白天戈蒂埃小姐是否回过家。

"回来过,"门房答道,"是带杜韦尔努瓦太太一起回来的。"

"她没有给我留下什么话吗?"

"没有。"

"您知道后来她们做什么了?"

"她们上了马车。"

"什么样的马车?"

"一辆豪华的四轮轿车。"

这一切究竟是怎么回事呢?

我又拉隔壁楼房的门铃。

"您找哪一家,先生?"门房打开门问我。

"找杜韦尔努瓦太太。"

"她没有回家。"

"您能肯定吗?"

"没错,先生。昨天晚上,甚至还有人给她送来一封信,我还没有交给她呢。"

门房说着,就把信送到我面前,我随意瞥了一眼。

我认出是玛格丽特的笔迹。

我接过信。

信封上这样写道:

请杜韦尔努瓦太太转交杜瓦尔先生。

"这是给我的信。"我对门房说道,同时指了指信封上的收信人。

"您就是杜瓦尔先生啊?"那人问我。

"对。"

"唔!我认出您了,您时常来杜韦尔努瓦太太家。"

我一来到街上,便拆开封印。

就是响雷落到我的脚下,也不如看了信引起我这样惊慌失措。

等您看到这封信时,阿尔芒,我已经成为另一个男人的情妇了。我们二人之间一切都完结了。

　　回到您父亲的身边吧,我的朋友,去看望您妹妹吧,她是贞洁的少女,没有遭受过我们这些女人的种种不幸,而您在她身边很快就会忘记,那个名叫玛格丽特·戈蒂埃的失足姑娘给您造成的苦恼。您一时动情爱过她,也多亏了您,她才得以享受这一生仅有的幸福时光;而现在她希望这一生不会长久了。

我读完最后这句话,真觉得自己要疯了。
一时间,我确实害怕一头栽在大街上。眼前一片模糊,太阳穴也嘭嘭狂跳。
终于,我稍微冷静下来,瞧了瞧周围,十分惊讶地看到,别人照样生活,并没有因为我的不幸而停止。
我不够坚强,无力独自承受玛格丽特给我的打击。
于是我想起,我父亲还和我同在一座城市,用十分钟我就能到他身边,不管什么来由的痛苦他都肯分担。
我像疯子一般,像窃贼一样,径直跑到巴黎旅馆,看见父亲客房的钥匙还插在门上,便走了进去。
他正在读着什么。
他见到我并不感到惊讶,就好像他正在那儿等着我。
我扑到他的怀中,一句话也不讲,只把玛格丽特的信交给他,随即倒在他的床前,禁不住热泪滚滚。

第二十三章

　　生活的方方面面重又恢复正常,我简直不能相信,对我来说,新的一天跟以前的日子会有什么不同。有时候我甚至想象,我被一种记不清的情况拖住,未能回到玛格丽特的身边过夜,而我若是回到布吉瓦尔,就会看到她跟我一样担惊受怕,她会问我是谁留住我而把她丢下。
　　生活一旦形成某种习惯,譬如这次相爱的习惯,如果打破这种习惯,那么就不可能不同时毁掉生活的其他一切动力。
　　因此,我必须不时地重读玛格丽特的信,才能让自己确信这不是做梦。
　　精神受此打击,我的身体也随之垮了,动弹不得了。心中挂虑不安,连夜赶路,早晨又得到这种消息,这些已经把我的身心消耗殆尽。我父亲正是利用我完全精疲力竭之机,要我明确答应同他一道回家。
　　他要求什么我都答应。我无力支撑一场争论,只需要一种真挚的情感,以便帮我在发生这件事之后活下去。
　　我感到不幸中的大幸,就是父亲特别愿意安慰我这样一件伤心事。
　　我所能忆起的全部情景,就是那天五点钟左右,他让我和他一起登上一辆驿车。他事先根本没有跟我打招呼,就让人把我的行李打好,同他的行李一起捆在车后厢,就这样把我带走了。
　　直到城市消失不见,旅途的孤寂又唤起我,我的心灵空虚的时候,我才意识到自己在做什么。
　　于是,我又涕泗涟涟。
　　我父亲明白,话语,甚至他的话语,也不能安慰我,他就一言不发,由我哭泣,仅仅不时握一握我的手,就仿佛提醒我身边有一个朋友。
　　天黑之后,我睡着了一会儿。我梦见了玛格丽特。
　　我猛然惊醒,一时不明白怎么会在一辆马车上。

继而,我又回到现实中,于是脑袋就垂到胸前。

我不敢同父亲说话,总担心他对我这样讲:

"你瞧,我不相信这个女人的爱,还是有道理的。"

然而,他并不得理不让人,驿车一直行驶到 C 城,他对我讲的话,也同促使我此行的事件毫不相干。

我到家拥抱妹妹的时候,就忆起玛格丽特在信中提到我妹妹的话,然而我当即就明白,我妹妹再好,也不足以让我忘掉我的情妇。

打猎的季节到了,父亲认为我去打猎能开开心。于是,他和邻居与朋友组织了几次出猎。我也参加了,但是既不反感也不热心,一副麻木不仁的样子:自从离开巴黎之后,我的一切行为都处于这种状态。

我们组织围猎。我待在分派给我的位置,身边放着没有上好子弹的猎枪,开始胡思乱想。

我望着飘过的云彩,任由神思在荒野上驰骋;我不时听见一名猎手呼唤我,让我看只离十步远的一只野兔。

我这些细微的表现,无一逃过我父亲的眼睛。他并没有被我表面的平静所蒙蔽,完全明白不管我多么消沉,总有一天,我的心会有强烈的,也许很危险的反应,因此,他极力避免显出要安慰我,同时又尽量给我消愁解闷。

我妹妹自然不知道这一系列事件的内情,也就不理解我从前那么快活,为什么突然变得如此沉默寡言,如此黯然神伤。

我陷入忧伤的时候,有时突然被父亲不安的目光撞见,我就伸过手去,握住他的手,好像默默地请他原谅我无意中对他的伤害。

一个月就这样过去,但我也只能忍受这么久。

我总是念念不忘玛格丽特。我从前,乃至到那时,都太爱这个女人,因此不可能突然改变态度,对她不闻不问了。不管多么怨恨她,我也无论如何要再见见她,而且马上见到。

这种渴望一进入我的头脑,就牢牢扎根,十分强烈的意愿,终于在我这久无生气的躯体中再现。

我要见玛格丽特,不是等将来,等一个月,等一周之后,而是在我产生这个念头的第二天。于是我去对父亲说,我要离开他去巴黎办事,很快就会回来。

他无疑猜到了我出行的动机,因为他力劝我留下;不过,他见我情绪十分冲动,不照这种愿望去做,就可能产生严重的后果,他便拥抱了我,几乎要流泪,求我尽快回到他身边。

前往巴黎的一路上,我睡不着觉。

一到巴黎,我该做什么呢?我心里也没有谱;不过,首先我必须打听玛格丽特的情况。

我到家里换好衣服,看看天气晴朗,又有时间,我就去香榭丽舍大街。

半小时之后,我就远远望见玛格丽特的马车,它从圆点广场驶向协和广场。

车还是原先那辆车,她又买了马,但是她没有在车里。

我一发现车上没人,便游目四望,看见玛格丽特由我从未见过的一个女人陪同,徒步朝我这边走来。

她从我身边走过,顿时面失血色,嘴唇抽搐,神经质地微微一笑。至于我,我的心狂跳,震荡着胸膛,但我还是控制住自己,脸上露出一副冷冰冰的表情,冷淡地同我过去的情妇打了个招呼。她几乎立刻回到马车前,同她的女友一起上了车。

我了解玛格丽特。同我不期相遇,她必然要心慌意乱。毫无疑问,她得知我离开了巴黎,因而放下心来,不必顾虑我们关系破裂的后果了。不料又看到我回来,而且同我打了照面,发现我的脸色十分苍白,她就会明白我回来必有目的,心里一定要琢磨会发生什么事情。

如果我看到玛格丽特落入不幸的境地,如果我来是要向她报复,却能够救助她,那么也许我会原谅她,肯定不会再想伤害她。然而,我看见她生活得很幸福,至少表面上如此;这种奢华的生活,由另一个人供给,而我却无力使之继续下去;她主动断绝我们的关系,因而这种行为就有了图利的最低俗的性质;这样,我的自尊心和爱情都受到了侮辱,她必须为我所遭受的痛苦付出代价。

我还做不到漠然对待这个女人的所作所为,因此,能给她造成最大伤害的,莫过于我的冷漠态度,可见我必须佯装这种感情,不仅在她眼前,而且在众目之前都要如此。

我竭力摆出一副笑容可掬的样子,去拜访普吕当丝。

女仆去为我通报,让我在客厅里稍等片刻。

杜韦尔努瓦太太终于出来,把我引进小客厅。我正要坐下时,就听见客厅的门打开,地板上响起轻微的脚步声,继而对着楼道的房门重重地关上了。

"我打扰您啦?"我问普吕当丝。

"打扰什么,刚才是玛格丽特在这儿了。她一听通报您的名字,就赶紧溜走:刚刚出去的就是她。"

"怎么,现在我让她害怕吗?"

"不是的,她是怕您讨厌见到她。"

"为什么呢?"我问道,同时竭力保持呼吸自然,因为我激动得喘不过气来。"可怜的姑娘离开了我,以便重新拥有她的马车、家具和钻石首饰,她这样做就对了,我不应当怪她。今天我遇见过她。"我又漫不经意地补充道。

"在哪儿?"普吕当丝问道,同时注视我,心里似乎在发问,这个人真的是她从前认识的那个多情男子。

"就在香榭丽舍大街,她同一位非常美丽的女人在一起。那女人是谁?"

"她长什么样子?"

"一头金发,鬓角打着发卷,身材苗条,一对蓝色眼睛,打扮得非常漂亮。"

"唔!那是奥兰普,她的确是个非常美丽的姑娘。"

"她在跟谁同居?"

"没跟任何人,又可以跟所有人同居。"

"她住在哪儿?"

"住在特隆谢街,门牌号……咦!怎么,您要追她呀?"

"谁也说不准会发生什么事。"

"那么玛格丽特呢?"

"如果对您说,我根本不想她,就恐怕是说谎了。不过,我这种人,特别看重断绝关系的方式。然而,玛格丽特随随便便就把我打发掉,让我感到当时我那么爱她,实在是太傻了,要知道,那时我确确实实非常爱这个姑娘。"

您想想看,我尽量以什么口气讲这种事:汗水从我的额头流淌下来。

"按说,那时她也很爱您,而且,她也一直爱您:证据嘛,她今天遇见您,立刻就来告诉我。她赶到这里时,浑身抖得厉害,简直要晕过去。"

"那么,她对您说了什么?"

"她对我说:'他一定是来看您的',她还请我恳求您原谅她。"

"我已经原谅她了,这话您可以告诉她。她是个好姑娘,但是一个妓女,她怎么对待我,我本应料到。我感谢她做出那种决定,因为今天我就在考虑,我同她完全在一起生活的念头,会把我们带到什么境地。那时候简直荒唐。"

"她若是听说您也认为她那是迫不得已,那她一定会很高兴。我亲爱的,她幸好及时离开了您。那个浑蛋经纪人受托委托,去找了她的那些债主,问他们她欠了多少债;债主们早就怕还不了账,于是两天之后拍卖了。"

"现在呢,债都还清了吗?"

"差不多还清了。"

"是谁出的钱?"

"是德·N伯爵。哦!我的宝贝!有些男人,天生就是干这个的。总之,他出了两万法郎,当然他也达到了自己的目的。他完全清楚玛格丽特不爱他,但是他不在乎,对玛格丽特还是非常好。您已经看到了,他给她买回了马匹,给她赎回了首饰,还像原先公爵的标准,给她同样数目的钱。只要她愿意安安稳稳地过日子,这个男人就会长久维持同她的关系。"

"那么,她现在做什么?她完全住在巴黎吗?"

"自从您离开之后,她一次也不愿回布吉瓦尔。是我把她的所有东西取回来的,连您的东西,我也打了包,您可以派人来这儿取走。全打在一起,只差一个小皮夹子,那上面有您姓名缩写的字母,让玛格丽特拿走留在身边。如果您非要不可,我就从她那儿讨回来。"

"让她留着吧。"我讷讷说道,觉得泪水从心头涌上眼睛,只因想起我曾经那么幸福生活过的那个村庄,想到玛格丽特执意要留下我的一样念心儿。

如果她这个时候进来,我就会打消报复的决定,跪到她的脚下。

"还有,"普吕当丝说道,"我从未见过她现在这种样子:她几乎不睡觉了,赶场参加舞会,吃夜宵,甚至喝醉酒。就说上次,她吃完夜宵,就在床上躺了一个星期;当医生允许她起床之后,她还是照旧那样生活,也不顾死活。您去看望她吗?"

"何必呢?我是来看您的,您这个人,对我始终那么好,而且,我是先认识您,后认识玛格丽特的。多亏了您,我才成为她的情人,同样,也是多亏了您,我就不再是她的情人了,对不对呀?"

"噢!当然了,我尽了全力促使她离开您,我相信,以后您不会怪罪我的。"

"我要加倍感谢您呀。"我补充一句,便站起身来,因为我讨厌这个女人,她居然把我对她讲的话全信以为真了。

"您要走了吗?"

"对。"

情况我了解得差不多了。

"什么时候还能见到您?"

"很快吧。再见。"

"再见。"

普吕当丝一直送我到楼门口。我回到自己的住处,眼含着愤怒的泪水,心里则燃烧着复仇的烈火。

由此看来,玛格丽特显然跟其他青楼女子一样:她对我的那种深挚的爱,还是抵御不了重过昔日生活的欲望,也抵御不了拥有一辆马车和酒宴的诱惑。

这就是在不眠之夜我的所思所想。假如我真像装出来的那样冷静,认真地思考,我就不难看出,玛格丽特过上那种喧闹的新生活,是希望压下一种挥之不去的思念,一种持续不断的回忆。

不幸的是,我受恶意冲动的控制,一心想法儿去折磨那个可怜的女人。

唉!男人啊,他的一种狭隘的情感受到伤害时,就变得多么渺小,多么卑劣!

我看见同玛格丽特一起的那个奥兰普,即使算不上她的好友,至少也是玛格丽特回巴黎后最常来往的人。奥兰普要举办一场舞会,我估计玛格丽特会到场,于是就设法弄一张请柬,结果如愿以偿。

我满怀痛苦和激动心情来到舞会,只见舞厅已经相当热闹了。大家跳舞,甚至还大呼小叫,在跳一场四组舞时,我瞧见玛格丽特在同德·N伯爵跳舞。伯爵得意洋洋,向人炫耀自己的舞伴,那神情分明在告诉大家:

"这个女人是我的!"

我走过去,背靠壁炉站着,正好面对玛格丽特,看着她跳舞。她一发现我,神情就慌乱起来。我则注视她,用手势和眼神漫不经心地向她打招呼。

我一想到舞会之后,玛格丽特不再是同我,而是同这个富有的蠢货一道离开,我一想象他们回到她家要干的那种事,热血就涌上我的面颊,而且产生了要搅扰他们做爱的愿望。

四组舞跳完之后,我就走过去,向女主人致意。女主人向宾客展示她那美妙的双肩,以及半裸的迷人的胸脯。

这个姑娘一副如花的容貌,从形体来看,长得比玛格丽特还要美。我能更好地理解这一点,也是得力于我同奥兰普说话时,玛格丽特几次向她抛来的眼神。能当这个女子的情人,也可以同德·N伯爵一样得意;而且,她也同样花容玉貌,能激发我的情欲,不会亚于玛格丽特当时对我的情景。

那段时间,奥兰普没有情人。要成为她的情人也不难。只要让她看到有足够的金币,就能引来她的青睐。

我主意已定,要让这个女子当我的情妇。

我开始扮演追求者的角色,邀请奥兰普跳舞。

半小时之后,玛格丽特的脸色像死人一样惨白,她穿上皮大衣,离开了舞会。

第二十四章

已经有了效果,但是还不够。我明白自己对这个女人的影响力,便卑劣地滥加运用。

现在想来她已经死了,我反躬自问,上帝能否宽恕我给她的伤害。

吃完最为喧闹的夜宵之后,大家开始赌博。

我坐在奥兰普身边,十分大胆地下赌注,就不能不引起她的注意。工夫不大,我就赢了一百五十至二百路易金币,全部摆在面前,而她那火热的目光就死死盯着。

唯独我没有专心赌博,还分神注意她。后半夜我一直在赢钱,还给钱让她下注,因为摆在她面前的钱全赢光了,也许她只有那么多钱。

清晨五点钟,大家离去。

我赢了三百路易金币。

所有赌客都已经下楼去了,唯独我留在后面,却没有人发觉,因为那些先生没有一位是我的朋友。奥兰普亲自给下楼的客人照亮,我正准备像其他客人一样下楼,却忽然转身,对奥兰普说道:

"我得同您谈谈。"

"明天吧。"她回答我。

"不,就现在。"

"您有什么话要对我讲呢?"

"您这就会知道。"

说着,我回到房间。

"您输了钱。"我对她说道。

"对。"

"输掉您所有的钱吗?"

她迟疑了一下。

"请坦率地讲吧。"

"好吧,是这样。"

"我赢了三百路易,全在这儿呢,只要您肯让我留宿。"

我说着,便把金币扔到桌子上。

"为什么提出这个建议?"

"这还用问,因为我爱您!"

"不对,是因为您爱玛格丽特,您要报复她,才想成为我的情人。像我这样一个女人是骗不了的,我亲爱的朋友。只可惜我这么年轻,又这么漂亮,总不能接受您建议我扮演的角色。"

"这么说,您拒绝?"

"对。"

"您愿意什么也不收就爱我吗?那我还不同意呢。考虑一下吧,我亲爱的奥兰普:我本可以随便委托一个人来,按照我的条件送给您这三百路易金币,您就会接受了。我更乐意直接同您商定这件事。您只管接受,不问此举的缘由。您自己也说长得很美,因而我爱上您,并没有什么可大惊小怪的。"

玛格丽特跟奥兰普一样,也是青楼女子,然而初次见到她时,我怎么也不敢说我刚对这个女人说的话。那是因为我爱玛格丽特,因为我看出她身上具有这个女人所缺少的本能。甚至就在我提出这笔交易就要谈妥的时候,她尽管是个绝色的女子,我还是很厌恶。

自不待言,她最终还是接受了。中午我走出她家门时,已经成为她的情人了;不过,我离开她的床铺时,并没有带走她的爱抚与情话的记忆:她收下我那六千法郎,就认为自己有义务对我百般温柔,千般恩爱了。

可是,有人就为这个女人,最后倾家荡产。

从这一天起的时刻,我都让玛格丽特忍受折磨。奥兰普和她不再见面了,您不难理解那是为什么。我送给新情妇一辆马车、一些首饰,我还赌博,总而言之,我挥霍无度,完全像一个爱上奥兰普这样女子的男人。我有了新欢的消息,很快就传开了。

就连普吕当丝也受了蒙蔽,最后还真以为我完全忘掉了玛格丽特。至于玛格丽特,或许看出我这种行为的动机,或许像其他人那样判断错了,她面对每天我给她的伤害,表现出一种极大的尊严。不过,她显然很痛苦,因为,我无论在哪里遇见她,都发现她的脸色越来越苍白,神情越来越忧伤。我对她爱极生恨,看到她每天那么痛苦,便有幸灾乐祸之感。在我卑劣地表现残酷无情的时候,玛格丽特曾多次向我投来万分哀求的目光,我不免为自己所扮演的角色而羞红脸,几乎要请求她原谅了。

但是,这种愧疚犹如电光石火,一闪即灭。奥兰普终于把自尊心完全抛到一边,她明白只要伤害玛格丽特,就能从我这里得到她想要的一切,于是不断地煽动我敌视玛格丽特,只要有机会就侮辱对手,显示出受男人的纵容,女人所具有的那种不依不饶的卑劣手段。

到头来,玛格丽特怕碰见奥兰普和我,就不再参加舞会,也不去看戏了。这样,无法当面无礼羞辱,就寄匿名信;什么丑事都往玛格丽特头上安,我不是亲口讲,就是指使我的情妇去散布。

人只有发疯了,才走到那种地步。我就好似灌饱了劣酒的醉鬼,耍起了酒疯,双手即使犯了罪,自己也意识不到。在这一切报复中,我也是受害者。玛格丽特不卑不亢,以平静和尊严的态度面对我的种种攻击。她那种态度,在我看来胜我一筹,就越激起我对她的恼恨。

一天晚上,奥兰普不知去了什么场合,遇见了玛格丽特。这次,玛格丽特没有轻饶这个侮辱她的蠢姑娘;奥兰普被迫退避,她怒冲冲地回到家中,而玛格丽特气昏过去,被人抬走了。

奥兰普回到家中,向我讲述了事情的经过,说玛格丽特见她独自一人,就要向她报当我的情妇之仇,她要我无论如何得给玛格丽特写信,告诉她有没有我陪伴,她都应当尊重我所爱的女人。

我无须对您讲,我当即就同意了,而且,凡是我能想到的挖苦话、羞辱话、刻薄话,全都写入这封信中,当天就把信寄给玛格丽特。

这次打击太大了,可怜的女人不可能默默忍受。

我就料到会有回信,因此决定守在家里,一整天也不出门。

将近两点钟,有人拉门铃,我看见普吕当丝进来。

我竭力摆出一副若无其事的样子,问她来找我所为何事。不过这一次,杜韦尔努瓦太太脸上没有笑容,说话的语气很严肃,又颇为激动,她对我说,自从我回到巴黎,也就是说大约三周以来,我就不失时机地伤害玛格丽特,害得她生了病,昨天那场风波和我今天早晨的信,终于让她卧床不起。

总之,玛格丽特并没有责备我,只派她来向我讨饶,说她无论精神还是身体,都承受不了我对她的打击了。

"戈蒂埃小姐把我从她家里打发走,"我对普吕当丝说道,"这是她的权利,可是,她侮辱我爱的女人,这是我绝不能容忍的。"

"我的朋友,"普吕当丝对我说道,"您就是受一个没有心肝、没有头脑的姑娘的影响,不错,您爱她,但是不能凭这个理由,就要折磨一个不能自卫的女人。"

"那就让戈蒂埃小姐打发德·N伯爵来找我,这样就公平了。"

"您明明知道她不会那样干。因此,我亲爱的阿尔芒,您就让她安静点儿吧;她那样子,您若是见到了,就准会为自己这样对待她而感到羞愧。她面无血色,还不停地咳嗽,恐怕活不了多久了。"

普吕当丝还把手伸给我,补充说道:

"去看看她吧,您去看望她,会让她非常高兴。"

"我不想碰见德·N先生……"

"德·N先生从来就不到她家里。她容忍不了他。"

"假如玛格丽特非要见我不可,她知道我住在哪里,让她来吧,而我的脚再也不会踏上昂坦街。"

"您会很好接待她吗?"

"毫无疑问。"

"那好,我相信她会来。"

"让她来吧。"

"您今天出门吗?"

"整个晚上我都待在家里。"

"我去告诉她。"

普吕当丝走了。

我甚至没有给奥兰奥写信,说我不去看她了。我跟这个姑娘用不着顾虑什么,一周也只是勉勉强强去她那儿过一夜。她也有自我安慰的法儿,我想,那个相好的是林荫大道哪家剧院的一名演员。

我出去吃晚饭,几乎马上就回来了。我吩咐将套房的炉子全生了火,然后把约瑟夫打发走了。

我不可能向您描绘,我在一个小时的等待中,涌上心头的酸甜苦辣的各种滋味;不过,将近九点钟,我一听见门铃响,这些滋味就汇成一种万分激动的心情,我去开门时,甚至不得不靠着墙壁以免跌倒。

幸好前厅光线昏暗,我脸上的失态看不大清楚。

玛格丽特走进来。

她身穿黑色衣裙,面戴着黑纱。我几乎认不出那花网遮住的面孔。

她走进客厅,掀起面纱。

她的脸色像大理石一样苍白。

"我来了,阿尔芒,"她说道,"您希望见我,我就来了。"

说罢,她低下头,双手捂面失声痛哭。

我走到她跟前。

"您怎么啦?"我的声音都岔了,对她说道。

她已经泣不成声,没有回答,只是紧紧握住我的手。过了一阵,她稍微平静一点儿,才对我说道:

"您害得我好苦啊,阿尔芒,我可没做过什么对不起您的事。"

"没做过什么?"我苦笑一下,反驳道。

"没做过什么,除非是迫不得已的事。"

我不知道您在生活中是否体会过,或者有一天能体会到,我看见玛格丽特时的感受。

上次她来我这里,也是坐在她刚坐下的位置,只不过这段时间以来,她成为另一个人的情妇了,吻她的嘴唇是别人,而不是我了;然而我还是不由自主,将嘴唇凑过去,内心感到我还一如既往,甚至比以往任何时候更爱这个女人了。

可是,我一时难以开口,谈起把她拉来的话题。玛格丽特无疑明白了我有些碍口,因此她接着说道:

"我这次来打扰您,阿尔芒,就是想求您两件事:一件是请您原谅我昨天对奥兰普小姐说过的话,第二是手下留情,不要再做您也许还准备对我做的事。自从您回到巴黎,不管有意还是无意,您极大地伤害了我。这一系列的冲击,直到今天上午我都忍受了,但是现在我连四分之一都承受不了。您会可怜我的,对不对? 您也会明白,对一个心地善良的人来说,有多少重要的事情要做,何必去报复一个忧伤多病的女子。喏,您来摸摸我的手。我在发烧,我下床是来求您,不是求您给我友谊,而是求您对我保持冷漠的态度。"

我抓住玛格丽特的手,手果然滚烫,可怜的女人穿着丝绒外套,浑身还直发抖。

"怎么,您以为我就不痛苦吗?"我接口说道,"那天夜晚,我在乡下等您,又赶到巴黎寻找您,结果只找到这封信,这封差一点儿把我逼疯的信。

"我那么爱您,玛格丽特,您怎么能欺骗我啊!"

"我们就不谈这个了,阿尔芒,我这趟来不是要谈这件事。我希望在您身上不要看到仇敌,此外别无他求,我也希望再次同您握手。您有一个年轻、美丽的情妇,据说您爱她:愿您和她一起生活幸福,同时把我忘掉吧。"

"您呢,您生活一定幸福啦?"

"我这张面孔,像个幸福的女人吗,阿尔芒?不要嘲笑我的痛苦,您比谁都了解这痛苦的缘由和程度。"

"果真如您所说,那么永远摆脱不幸,也完全取决于您本人。"

"不对,我的朋友,当时的环境比我的意志更强大。我并不像您暗示的那样,顺从我作为青楼女子的本能,而是顺从一种迫不得已的严重情况,顺从那些您终有一天会知道,并促使您原谅我的原因。"

"这些原因,为什么您今天就不能告诉我呢?"

"因为这些原因,非但不能弥合我们之间不可能的关系,也许还要使我们疏远不应该疏远的人。"

"您指的是什么人?"

"我不能告诉您。"

"那么,您就是说谎。"

玛格丽特站起身,朝门口走去。

目睹这种无言而明显的痛苦,我不能不动心,不禁在心里拿这个面无血色、泪流满面的女人,去比较在喜歌剧院那个嘲弄我的疯姑娘。

"您不能走。"我挡在门口说道。

"为什么?"

"因为不管你对我做了什么,我都始终爱你,我要把你留在这里。"

"到明天就把我赶走,对不对?不行,这不可能!我们二人的命运已经分开,就不要再试图结合了:现在您只是恨我,如果再结合,您也许要蔑视我了。"

"不会的,玛格丽特,"我高声说道,只觉得一接触这个女人,我的全部爱情、全部欲念都又苏醒了。"不会的,一切我都忘掉,我们还像从前所打算的那样,一起过幸福的日子。"

玛格丽特怀疑地摇了摇头,说道:

"难道我不是您的奴隶,您的狗吗?随便您怎么支配我吧,拿去享用吧,我是您的。"

她当即脱下外套和帽子,扔到长沙发上,又突然开始解衣裙的领扣,因为,她的病常有这种反应,血液一从心脏涌上头部,便喘不上气来了。

接着便是一阵嘶哑的干咳。

"吩咐人告诉我的车夫,"她又说道,"把车赶回去吧。"

我亲自下楼去将那人打发走。

我回屋一看,玛格丽特已经躺在炉火前,她冷得牙齿格格作响。

我把她搂到怀里,给她脱衣裳,而她则一动不动,浑身冰凉,我就把她抱到我床上。

接着,我就坐到她身边,尽量用我的爱抚给她暖身子。她一句话也不对我讲,只是冲我微笑。

哦!这真是一个奇妙的夜晚。玛格丽特的全部生命,似乎都倾注在她给我的狂吻中,而我也爱得发狂,在我欢爱的高潮中,甚至想我要不要杀了她,以使她永远也不能属于另一个人了。

如果这样相爱上一个月,那么肉体和心灵就会熬尽,仅余一副尸骨了。

天亮了,我们还未合眼。

玛格丽特脸色惨白,一句话也不讲,眼里不时滚下大滴的泪珠,在面颊上停留,像钻石一般晶莹闪亮。她的双臂精疲力竭,不时张开要拥抱我,但又无力地跌落到床上。

有一阵,我以为能够忘掉我离开布吉瓦尔之后所发生的事情,于是对玛格丽特说道:

"咱们走好吗?咱们离开巴黎好吗?"

"不行,不行,"她几乎惊慌地答道,"那样我们会陷入极大的不幸,我对你的幸福没有什么用处了,但是,我只要还有一口气,就是你的奴隶,任你摆布。白天或是夜晚,不管什么时候,你想要我就来吧,我总是你的。不过,再也不要把你我的前途拴在一起,如果那样,你就会万分不幸,也会使我万分不幸。

"在一段时间我仍是个美丽的姑娘,你就好好享用吧,但是不要再要求我别的事儿了。"

她走之后,把我丢在孤寂中,我不免惊慌失措。两个小时过去了,我还坐在她刚离开的床铺上,凝视她的头留下的枕窝儿,心想我夹在爱情和嫉妒之间,会是什么结果。

到了下午五点钟,我来到昂坦街,自己也不知道去那儿干什么。

纳妮娜给我打开房门。

"夫人不能接待您。"她为难地对我说道。

"为什么?"

"因为德·N伯爵在里面,他吩咐我不让任何人进门。"

"是这样,我倒忘记了。"我讷讷说道。

我像个喝醉了酒的人,回到自己的住处。我嫉妒得丧失理智,在那种时候,您知道我干了什么吗?那一刻足以使我有可耻的举动,您知道我干了什么吗?我心里琢磨,这个女人不把我放在眼里,我想象她跟伯爵幽会,严禁别人打扰,并且重复她昨夜对我说过的话,转念至此,我就取出一张五百法郎的钞票,写了这样两句话:

今天早晨您走得太匆忙,我忘记付给您钱了。
这是昨夜的费用。

我把钱和便函放在一起,派人给玛格丽特送去。
信送走之后,我就出门,仿佛要逃避这种卑劣行为立时产生的愧疚。
我去奥兰普那里,看到她正在试衣裙;等到只剩下我们两个人的时候,她就唱色情歌曲给我解闷儿。
奥兰普是妓女的典型,不知羞耻,没有心肝,也没有头脑,至少在我看来是这样,因为,也许有个男人做过同她一起生活的美梦,如同我对玛格丽特的梦想那样。
她向我要钱,我给了她就可以自便了,于是走掉,回到自己的住处。
玛格丽特没有给我回信。
不用说您就知道,第二天一整天,我是在多么焦灼不安中度过的。
傍晚六点半钟,一个跑腿的给我送来一个信封,里面装有我写给她的信和那张五百法郎的钞票,没有写来一个字。
"这是谁交给您的?"我问那人。
"一位夫人,她同女仆上了一辆去布洛涅①的驿车走了:她吩咐我等驿车驶出院子,再把信给您送来。"
我跑到玛格丽特家。
"夫人六点钟动身去了英国。"门房回答我。
无论是恨还是爱,再也没有什么能把我留在巴黎了。所有这些遭遇打击,把我弄得精疲力竭。正恰一位朋友要去游历东方,我想同他一道前往,便把这种愿望告诉父亲。父亲给我开了几张汇票,还嘱咐了一些事项。过八九天,十来天,我就在马赛上了船。
我是到了亚历山大②,才从大使馆的一名随员那里获悉这可怜姑娘的

---

① 布洛涅:法国西北部加来省的渔港城市。
② 亚历山大:埃及主要港口城市。

病情。从前我在玛格丽特家中,同那名随员见过几面。

于是,我给玛格丽特写了信,她也给我回了信。她的回信您看过,是我在土伦①收到的。

我马上启程,后来的情况您都知道了。

现在,您只差看这几页文字了。这是朱丽·杜普拉转交给我的,是我刚对您讲述的故事必不可少的补充。

---

① 土伦:法国南方地中海海岸的军港。

第二十五章

这么长的叙述,常常被泪水打断,阿尔芒讲完十分疲惫,他把玛格丽特的几页手记交给我,便双手扶住额头,合上眼睛,也许闭目沉思,也许想睡一会儿觉。

过了片刻,一种略微急促的鼻息向我表明,阿尔芒睡着了,但是睡得很轻,稍微有点动静就会惊醒。

我读到的手记内容,我一字不动地抄录下来:

今天是十二月十五日,我病倒已有三四天了。今天早晨卧床不起。天气阴沉沉的,我也黯然神伤,身边一个人也没有,我在思念您,阿尔芒。而您呢,在我写这几行文字的时刻,您在什么地方?我听说您离开巴黎,去了遥远的地方,也许您已经忘掉玛格丽特。总之,愿您幸福,毕竟我一生仅有的快乐时光是您给的。

我早就抑制不住,渴望向您解释一下我的行为,给您写过一封信;不过,这封信出自我这样一个姑娘的手笔,就可能被人看作是满纸谎言,除非写信的人以死来证实,而且除非这不是一封信,而是一篇忏悔文。

今天我病了,有可能不治而亡,因为我始终有这种预感,红颜命薄,我会早死。我母亲死于肺病:这种病症,是她给我留下的唯一遗产。而迄今为止我的生活方式,只能使病情恶化。可是,在您准确地了解我之前我还不想死,万一您回来,还关心您走之前热恋的那个可怜姑娘呢。

以下就是这封信的内容,我乐意重抄一遍,以便给我的辩白一个新的证据:

您还记得,阿尔芒,我们在布吉瓦尔的时候,如何对待您父亲到达巴黎的消息;您还记得,他的到来引起我不由自主的恐惧,还记得当天晚上,您对我讲述的你们父子之间的争执。

第二天,您到巴黎,总不见父亲回来而等待的时候,一个男人登门要见我,交给我一封杜瓦尔先生的信。

他那封信我附在这里,信中以最严厉的措辞,要我次日随便找个借口把您支开,以便接待您父亲:他要同我谈谈,还特别叮嘱我,一句也不要向您透露他这一活动。

您不会忘记在您回来之后,我怎样一再劝您次日再去巴黎。

您走之后一小时,您父亲就来了,他那一副严厉的面孔给我的印象,就不必向您描述了。您父亲满脑子陈旧的观念,认定但凡交际花都没有心肝,没有理智,犹如一台吞钱的机器,犹如钢铁铸成的机器,随时会轧断递给它东西的手,而且毫不留情地、不加区别毁掉让它存活并运转的人。

您父亲给我写的那封信倒很得体,要我同意接待他,可是一见面,就不完全像信中所表现的那样了。他开头几句话相当傲慢无礼,甚至还带几分威胁;于是我不得不让他明白,我是在自己的家中,仅仅是看在我对他儿子的真挚感情的份儿上,我才会告诉他有关我的生活状况。

杜瓦尔先生的情绪稍微平和一点儿,然而他又对我说,他不能再容忍下去了,他儿子要为我倾家荡产,还说我长得美貌,这是真的,但是我无论多么貌美,也不应当利用自己的姿色,像我这样大肆挥霍,去断送一个年轻人的前程。

对这种指责,只有一种回答,对不对?那就是拿出证据:自从做了您的情妇,为了忠于您,我不惜做出任何牺牲,反之,向您索求的钱从未超出您的财力。我给他看了当票和收据,不能售出的物品就典当了;我还告诉您父亲,我决定卖掉我的家具,既为还债,也为了和您一起生活,又不让您负担过重。我向他讲述了我们的幸福,讲述了您曾向我展示的那种更为安宁、更为幸福的生活。您父亲终于认清了真相,他向我伸出手,请我原谅他刚见面时对我的态度。

接着,他对我说道:

"既然如此，夫人，我就不能用指责和威胁，而要用祈求，力争您做出一种更大的牺牲，即超过您为我儿子已经做出的所有牺牲。"

这个开场白令我不寒而栗。

您父亲走到我面前，拉起我的双手，以亲切的口气接着说道：

"我的孩子，您不要从坏的方面理解我要对您说的话，只需明白生活对情感是残酷的，往往提出苛刻的要求，又必须委曲求全。您心地善良，您的心灵所具有的慷慨大义的品质，是许多比不上您，也许还鄙视您的女人所缺乏的。不过您要考虑，除了情妇还有家庭，爱情之外还有责任，过了充满激情的年龄，人就成熟了，在社会上要受人尊敬，就必须有一个牢固而体面的地位。我儿子没有财产，然而，他却准备把他母亲的遗产让给您。如果他接受了您要做出的牺牲，那么他基于荣誉和尊严，也要给您补偿，用这笔钱保证您永远不会陷入绝境。然而，您这种牺牲，他不能够接受，因为大家并不了解您，会认为接受这种牺牲出于不光彩的原因，怕玷污了我们的姓氏。别人才不看阿尔芒是否爱您，您是否爱他，才不看你们相爱对他是不是幸福，对您是不是从良。他们只会看到一件事，就是阿尔芒竟同意一个青楼女子，请原谅，我的孩子，我不得不对您直言，竟同意一个青楼女子为他卖掉了自己的物品。以后，责备和痛悔的日子就会到来，请相信这一点，谁也避免不了，你们也一样，两个人都套上了枷锁，根本挣不开。到那时你们怎么办呢？您的青春耽误了，我儿子的前程也断送了；而我呢，他的父亲，本来期待从两个孩子得济，结果只能指望一个了。

"您年轻，人又漂亮，生活会给您带来安慰；您品质高尚，做一件好事回忆起来，对您就能抵赎许多从前做过的事。阿尔芒认识您这半年来，就把我忘掉了。我给他写过四封信，他连一次也没有想着给我回信。恐怕我死了他都不知道啊！

"不管您下多大决心，要过与您从前完全不同的生活，可是阿尔芒爱您，他不会因为地位卑微，就甘心让您过隐居的生活，而您这样美的女子天生就不适于隐居。到了那时，天晓得他会干出什么来！他赌过钱，这我知道；他只字没有向您透露，这我也知道;然而,他若是赌红了眼,就可能输掉一部分我多年的积蓄,要知道,那是为我女儿的嫁妆,为他,也为我安度晚年积攒的钱。从前可能发生的事还有可能发生。

"此外,您为他而舍弃的生活,您就肯定不会再吸引您吗?您爱过他,就肯定绝不会再爱上另一个人吗?最后,如果随着年龄的增长,远大的抱负取代了爱情的梦想,你们的关系将阻碍了您情人的生活,而您也许又不能给他以安慰,到了那种境地,难道您不感到痛心吗?考虑考虑这一切吧,小姐,您爱阿尔芒,那就向他证明这一点吧,用您仅余下的还可能向他证明的唯一方式:为他的前途牺牲您的爱情。现在还没有发生什么不幸,以后就可能发生,也许比我预见的还要严重。阿尔芒可能嫉妒一个爱过您的人,就向人家挑衅,进行决斗,结果可能被人杀掉;想一想吧,面对要向您讨还儿子性命的父亲,您该有多么痛苦。

"总而言之,我的孩子,要全面了解,因为,我还没有全对您讲呢,您要知道我为什么来到巴黎。刚才对您讲了,我有一个女儿,她很年轻,也长得很美,像天使一样纯洁。她恋爱了,她也一样,把她的爱情当作她一生的梦想。这些情况,我已经写信告诉了阿尔芒,可是他一心扑在您身上,没有给我回信。喏,我女儿就要结婚,要嫁她所爱的男人,进入一个体面的家庭,而那个家庭希望我的家庭也无不体面。我那未来女婿的家庭已然得知,阿尔芒在巴黎如何生活,并且明确向我表示,假如阿尔芒还那样生活下去,他们就要退婚。一个从未伤害过您的姑娘,她有权指望的未来,就掌握在您的手中。

"您有权利,您感到有勇气毁掉她的未来吗?看在您的爱情和改悔的份儿上,玛格丽特,把我女儿的幸福给我吧。"

我的朋友,我默默地哭泣;这方方面面,我早就考虑过多少回,现在从您父亲的口中讲出来,就更具有突出的现实性。我也在想您父亲不敢对我明讲,并且多次到了嘴边的话:归根结底,我只是个青楼女子,不管我给我们的关系提供什么理由,这种理由总好像一种图谋;我过去的生活,完全剥夺了我梦想这样未来的权利,既然我原先的生活习惯和名声不能为我做出任何保证,我就得承担责任。总之,阿尔芒,我爱您。杜瓦尔先生对我讲话时的慈父般的态度,他在我身上唤起的贞洁情感,我即将赢得这位老人的尊敬,以及我确信今后也会得到您的尊敬,这一切在我心中唤醒的高尚思想,让我从未领略过的圣洁的自足感发出声音,并在我的眼前显现。我想到有朝一日,这个为他儿子的前程向我恳求的老人,会告诉他女儿,将我的姓名作为一个神秘朋友的姓名放进她的祈祷中,我想到这一情景,就好像换了一个人,也为自己感到骄傲了。

一时的冲动,也许夸大了这种种感受的真实性;然而,朋友,我当时的感受就是这样,这些新的情感,压下了我回忆同您一起度过的幸福日子所产生的念头。

"好吧,先生,"我一边擦泪,一边对您父亲说道,"您相信我爱您儿子了吗?"

"相信了。"杜瓦尔先生对我说道。

"相信是一种无私的爱吗?"

"相信。"

"您相信我曾把这种爱变成我一生的希望、梦想和自赎吗?"

"完全相信。"

"那好,先生,请吻我一下吧,就像您吻女儿那样,我向您发誓,这一吻,我所接受的唯一真正圣洁的吻,将给我力量对抗我的爱情,不出一周,您的儿子就将回到您身边;他也许会痛苦一段时间,但是永远死了这份儿心。"

"您是一位高尚的姑娘,"您父亲吻着我的前额说道,"您要做一件上帝都会感激的事情;但是我十分担心,您从我儿子那里得不到一点儿效果。"

"唉!请放心吧,先生,他会恨我的。"

在我们之间,无论对您还是对我,必须有一道不可逾越的壁垒。

于是,我写信给普吕当丝,说我接受德·N伯爵的提议,请她转告伯爵,我要同他们俩一起吃夜宵。

我封好信,信的内容没有告诉您父亲,只求他到达巴黎后,派人按地址送去。

然而,他还是问我信上写了什么。

"写的是您儿子的幸福。"我回答他说。

您父亲最后又吻了我一下。我感到两滴感激的眼泪落到我的额头,就好像给我从前的过错洗礼。在我刚刚同意要委身给另一个男人的时候,我想到用这一新的过错赎回了什么,脸上就焕发出骄傲的光彩。

这十分自然,阿尔芒,您早就对我说过,您父亲是如今所能见到的最正派的人。

杜瓦尔先生又坐上马车走了。

然而,我毕竟是女人,一见到您就禁不住哭了,但是我没有软弱。

我做得对吗?如今我病倒在床上,也许只有死了才会离开,就不免这样反躬自问。

您亲眼目睹了,临近我们不可避免的分离时刻,我是一种什么感受。身边再也没有您父亲支持我,一想到您要恨我并蔑视我,我就惊慌失措,有一阵差一点儿就要向您承认了。

有一件事,阿尔芒,说了也许您不相信,就是我祈求上帝给我力量,而且,正是上帝给了我恳求的力量,表明他接受了我所做的牺牲。

在吃那顿夜宵的时候,我还需要帮助,因为我不想知道我要干什么,实在害怕自己没了勇气!

谁能告诉我,告诉我玛格丽特·戈蒂埃,一想到要有一个新情人,我心里就痛苦万分!

我多喝酒以便忘掉一切,等第二天醒来,我是躺在伯爵的床上。

这就是全部真相,朋友,您来做出判断,原谅我吧,就像我这样,原谅了从那天起您给我的一切伤害。

第二十六章

在那命定的夜晚之后,您跟我一样了解,然而您无从知晓的,也不可能有所觉察的,就是我们分手之后,我经受了多大的痛苦。

我得知您父亲把您带走了,但是我完全料想得到,您不可能长久地远离开我,因此那天在香榭丽舍大街遇见你,我很激动,但是并不感到惊讶。

于是开始了那一连串的日子,每天您都要给我一种新的侮辱,而我几乎高兴地接受您的侮辱,因为,这不仅证明您始终爱我,而且我也感到,您越是折磨我,等您了解真相的那一天,我在您眼里就会越高尚。

这种愉快的殉难,您不要感到惊讶,阿尔芒,正是您当初对我的爱给我打开心扉,迎进高尚的激情。

然而,我并不是一下子就变得那么坚强。

在我实施为您做出的牺牲,到您又返回巴黎,这段时间相当长,我需要消耗肉体才不至于变疯,才能在我重新投入的生活中变得麻木不仁。普吕当丝告诉过您,我参加所有晚会、舞会,出席所有盛宴,对不对?

我过起放纵的生活,就好像希望尽快自杀,而且我也相信,这种希望很快就会实现。我的身体状况必然日益恶化,我派杜韦尔努瓦太太去向您讨饶的那天,我的肉体和精神都已经消耗殆尽。

我不想提醒您,阿尔芒,一个要死的女人,在您请求一夜之欢时,未能抗拒住您的声音,她仿佛丧失理智,一时间以为她可能把过去和现时融合起来,然而,您以什么方式报答我爱您的最后表示,您以什么样的凌辱将这个女人赶出巴黎。阿尔芒,您有权那样做:别人每夜并不总付给我那么高价!

于是,我全都丢下啦!奥兰普在德·N先生身边取代了我,而我听说,正是她把我离开巴黎的原因告诉他的。当时,德·G伯爵在伦敦,他那种人,同我这样的姑娘寻欢作乐,仅仅当作一种消遣,还同相好过的女人保持朋友关系,不会产生怨恨,也从来不嫉妒。总之,他们那种大贵人,只向我们打开他们心的一角,但是向我们敞开他们的钱袋。我当即就想到他,于是去找他了。他十分热情地接待我,但是他在那里有了情妇,是个上流社会的女子,他自然怕公开和我的关系而有损名誉,于是把我介绍给他的朋友,而其中一位在吃完夜宵把我带走了。

我的朋友,您说我有什么办法呢?

自杀吗?那又会给您本该幸福的生活,无谓地加上一种痛悔的负担;再说,人都快死了,何必还自杀呢?

我变成了没有灵魂的躯壳,没有思想的物品;我在一段时间,过上了这种行尸走肉的生活。后来我又回到巴黎,打听您的消息,得知您动身远游了。再也没有什么能支持我的了。我的生活又恢复旧观,回到两年前您认识我的那种状态。我试图把公爵拉回来,但是我把这个人伤害得太狠,而老年人可没有那种耐性,无疑他们发觉自己不可能总活下去。病魔日益侵蚀我的肌体,我面无血色,终日愁苦,身体也更加瘦损了。花钱购买爱情的男人,要看货色选购。在巴黎,身体比我更为健康、更为丰腴的女子,大有人在;于是,别人有点儿把我忘记了。这就是直到昨天的情况。

现在我彻底病倒了,又身无分文,债主们又都纷纷来逼债,给我送来单据就跟催命似的。我给公爵写了信要钱,公爵能答复我吗?您若是在巴黎该有多好啊,阿尔芒!您会来看望我的,您来探望就会给我安慰。

十二月二十日

天气特别恶劣,外面在下雪,我孤单一人在家。一连三天发高烧,连一个字都不能给您写了。没有什么新情况,我的朋友,每天我都隐约盼望收到您的一封来信,可是不见信到,恐怕永远也

到不了。唯独男人才能狠下心来不肯宽恕。公爵没有给我回信。

普吕当丝又开始往当铺跑了。

我不断地咯血。噢!您若是见到我这样子,会感到难受的。您在炎热的天空下活动实在幸福,而不是像我这样,整个冰冷的冬天压在胸口。今天我稍微起来一点儿,在窗帘里向外张望,相信在我眼前通过的巴黎生活,已经彻底同我断绝了关系。几张熟悉的面孔从街上走过,急匆匆的,都那么欢快而无忧无虑。没有一个人抬眼望望我的窗户。不过,也有几个年轻人来探问,留下了姓名。记得有一次我病了,您也是每天早上来探问我的病情,而那时您并不认识我,只见过一面,还受到我的无礼对待。现在我又病倒了。我们曾在一起度过半年的时光。我对您的爱,是一个女人的心所能最大限度容纳和给予的感情,可是您却远在异乡,还在诅咒我,没有给我写来一句安慰的话。当然,我也肯定,您不闻不问也是偶然造成的;如果您在巴黎,您就不会离开我的床前和房间。

十二月二十五日

医生不准我天天写日记。的确,回忆往事只能使我烧得更厉害。但是昨天,我收到一封信,给我不少欣慰,给我送来物质救助是一方面,更主要的是信中所表达的感情。因此,今天我就可以给您记述了。信是您父亲写来的,内容如下:

> 小姐:
> 　　我刚刚获悉您生病了。假如我在巴黎,我一定亲自去探望您的病情;假如我儿子在我身边,我也会让他前去探望。然而,我不能离开 C 城,阿尔芒又在六七百法里之外;请允许我只是写信给您,小姐,您生病我十分难过,请相信我衷心的祝愿,祝您早日康复。
> 　　我的一位好友 H 先生将登门拜访,请您接待他。他受我委托办一件事,我还焦急地等待事情的结果。
> 　　　　此致
> 　　　　　　请接受我最崇高的敬意

这就是我收到的那封信。您父亲是个高尚的人,您要好好爱戴他,我的朋友,因为,世上值得爱的人寥寥无几。比起我们的名医开的所有处方来,他署名的这封信对我更有疗效。

今天上午,H 先生来了。他受杜瓦尔先生之托,办这件棘手的事,似乎感到十分为难。他此来就是替您父亲送给我一千埃居,而且对我说,如果拒收,就会伤了杜瓦尔先生的面子,他受托先给我这笔钱,我还需要多少,都会如数给我送来。我接受了,这种帮助来自您父亲,就不算是施舍。您回来的时候,假如我死了,您就把我刚才写到他的这段话给他看,并且告诉他,他发善心写来安慰信,可怜的姑娘是流着泪写下这段话的,还祈求上帝保佑他。

　　　　　　　　　　　　　　　　　　　　一月四日
我一连熬过几天病痛的日子。真没有想到,身体会让人遭这么大罪。唉!我过去的生活!如今我为那种生活付出双倍的代价。

每夜都有人守护在我身边。我再也透不过气来了。我这可怜一生的余日,不是咳嗽,就是处于谵妄状态。

我的餐室摆满了朋友们送来的糖果,以及各种各样的礼物。这些人当中,无疑有的还希望我以后做他们的情妇。假如他们看到病魔把我变成一副什么模样,他们一定都会吓跑了。

普吕当丝拿我收到的礼物,去送给别人了。

天寒地冻,医生对我说过,过些日子,如果还是晴朗的天气,我就可以出门走走了。

一月八日

昨天,我乘自己的马车出门了。天气好极了。香榭丽舍大街行人熙熙攘攘。这真是春天的第一张笑脸。我周围一片节日的气氛。我怎么也想不到,我昨天在阳光里还能发现快乐、甜美和安慰。

我几乎碰见了所有我认识的人,他们都一直忙于寻欢作乐。多少人身在福中不知福啊!奥兰普乘坐一辆华丽的马车驶过去,那是德·N伯爵送给她的。她又试图用目光侮辱我,殊不知我同所有那类虚荣相距有多远。一个我早就认识的忠厚的小伙子,问我是否愿同他和一位朋友共进晚餐,据他说,他那位朋友非常渴望认识我。

我凄然地微微一笑,递给他烧得滚烫的手。

我从未见过他那样惊讶的面孔。

我四点钟回到家中,晚饭胃口还相当不错。

这次外出对我身体很有益。

我能治愈该有多好!

有些人在心灵的孤寂中,在病房的幽暗里,昨天还希望快些死去,今天看到别人生活和幸福,怎么又渴望活下去了呢?

一月十日

这种恢复健康的希望,只不过是一场梦。我重又卧床不起,浑身敷上灼人的膏药。这肉体,从前人们付那么大价钱,今天再拿出去试试,看看别人还会给你多少钱!

我们生前一定是作恶多端,或者死后要享受到巨大的幸福,因此,上帝才让今生今世受尽赎罪的各种折磨,并且受尽考验的所有痛苦。

一月十二日

我始终受着病痛的折磨。

昨天德·N伯爵给我送来钱,我没有接受。这个人给我什么,我都不要,因为您不在我身边全怪他。

唉!我们在布吉瓦尔的美好日子啊!现在何处寻觅?

我若是能活着走出这个房间,那也是要去朝拜我们同居过的那座小楼,然而,我只能死后被人抬出去了。

谁知道明天我是否还能为您记述。

一月二十五日

一连十一个夜晚我没有睡觉了,喘不上来气,只怕自己随时都可能死去,医生吩咐人不让我动笔。照看我的朱丽·杜普拉还允许我给您写这几行字。难道您就不会在我死之前回来了吗?难道我们之间就永远恩断义绝了吗?我觉得您一回来,我的病就能好。病好了又怎么样呢?

一月二十八日

今天早晨,我被一阵喧闹声吵醒。睡在我房间的朱丽赶紧去餐室。我听见几个男人的声音,而朱丽的声音徒然地与之抗争。她哭着回来了。

他们是来查封财物的。我对朱丽说,就让他们按照所谓的司法去干吧。执达吏戴着帽子就走进我的房间,他拉开每个抽屉,登记他所看到的所有物品,根本无视屋里还有一个垂危的女人:幸而法律仁慈,还给我留下这张床铺。

他临走时,终于开了尊口,我可以在九天之内提出抗诉,可是他留下一名看守!上帝呀,我该怎么办啊!这一场景闹得我病情更加重了。普吕当丝想找您父亲的那位朋友要钱,我反对那么做。

今天早晨,我收到您的信。这正是我所需要的。我的回信能及时寄到您的手中吗?您还会见我吗?这是幸福的一天,使我忘记我这六周所过的日子。我感觉好受一些了,尽管给您的回信中,情调很忧伤。

归根结底,人不可能总那么不幸。

我还真这么想,我有可能死不了,等到您回来,我又看到了春天,您还爱我,我们重新开始去年那样的生活!

我实在是疯了!心中的这种痴心妄想,我提笔写下来都很吃力。

不管发生什么情况,我都深深地爱您,阿尔芒,如果没有这种爱情的回忆支持我,如果不是隐约希望还能看到您在我的身边,我早就离开人世了。

二月四日

德·G伯爵回到巴黎。他受了情妇的欺骗,十分伤心:他很爱那个女人。他来向我讲述了这一切。可怜的小伙子,在事业上也相当不顺。尽管如此,他还是替我付钱给了执达吏,并且把那名看守打发走了。

我对他谈到您,他答应向您说说我的状况。当时我竟然忘了,我当过他的情妇,他也尽量让我忘掉这一点。他是个好心肠的人。

昨天公爵派人来探问我的病情,今天上午他亲自来探望。我不知道这位老人靠什么还能活在世上。他在我身边待了三小时,对我没有讲上几句话。他见我脸色如此惨白,眼里便掉下两大滴泪水。他流了泪,无疑是由于想起了他的女儿。

他难免要看着她死两次了。他腰弯背驼,头俯向地面,嘴唇也耷拉下去,目光暗淡无光。他的身体已然衰竭,禁不住年岁与痛苦的双重压力了。他没有指责我一句,甚至可以说,他看到病魔把我摧残成这样子,还暗自幸灾乐祸呢。我还这么年轻,就被病痛压垮了,而他还能站立活着,似乎颇为得意。

又来了恶劣天气。没有人来看我了。朱丽尽可能守在我身边。普吕当丝开始借口有事避开,我不能像从前那样,给她那么多钱了。

　　我有了好几位医生,这本身就证明我的病情恶化了,不管他们对我怎么说,我心里清楚,现在我快要死了,几乎后悔听了您父亲的话。早知道我只会占用您未来的一年时间,我就不必抵制自己的渴望,还是同您一起过一年,这样到死的时候,至少还能握着一位朋友的手。不过,假如我们一起度过这一年,我很可能不会死得这么早了。

　　听凭上帝的意志吧。

二月五日

　　噢!来吧,阿尔芒,我实在疼痛难忍,眼看就要死了,我的上帝。昨天我忧伤极了,就想出门,免得在家里熬过像前一晚那样的漫漫长夜。上午公爵来了。我看到被死神遗忘的这位老人,我就觉得自己要死得更快了。

　　我不顾发高烧,让人给我穿好衣裳,带我去沃德维尔剧院。朱丽给我的脸涂了胭脂,否则我这样子就像僵尸了。我走进约您第一次见面的那个包厢,目光始终凝望您那天所坐的位置;不过昨天,那个座位坐了一个粗人,他一听到演员那种愚蠢的逗乐,就哈哈大笑。我被送回家时已经半死不活了。整夜我都不断咳嗽和咯血。今天,我话也讲不出来了,胳膊只能稍微动一动。我的上帝!我的上帝!我要死了。这是预料之中的事,但是我不能想象,我还要受我忍受不了的痛苦,如果……

这个词后边,玛格丽特竭力写下的一些字,实在无法辨认,接下去则是朱丽·杜普拉的手笔所记。

二月十八日

阿尔芒先生:

　　玛格丽特坚持要去看戏的那天之后,病情就越来越重了。她已经完全失音,接着四肢也不能动了。我们这位可怜的朋友所受的病痛难以名状。我不习惯这种凄惨的场面,因而总是提心吊胆。

  我多么希望您能在我们身边啊!她几乎一直处于昏迷状态,但是无论是神志不清还是头脑清醒,她只要能发出声来,那么必定是呼唤您的名字。

  医生对我说她活不久了。自从她病危之后,公爵就没有再来探视。

  公爵对医生说,这种情景令他心如刀绞。

  杜韦尔努瓦太太的表现不怎么样。这个女人几乎完全靠玛格丽特生活,以为能从玛格丽特身上捞取更多的钱,许下种种诺言而不能履行,现在看到她的女邻居对她再也没有利用价值了,就干脆连面也不露了。所有人都抛弃了她。德·G先生被自己的债务所逼,不得不又动身去伦敦。他走时给我们送来一笔钱,他已经完全尽力了。但是,又来人查封财物,债主们只等她一死就拍卖。

  我本想尽我最后的财力阻止全部查封,但是执达吏对我说那无济于事,他还要执行别的判决。反正她也要死了,还不如放弃所有财物,何必抢救下来留给她不想见,也从未来探望她的家人呢。您想象不出,可怜的姑娘死在何等富丽堂皇的贫困中。昨天,我们连一点儿钱也没有了。餐具、首饰、开司米披巾,全都当出去了,其余的物品不是卖掉,就是查封了。玛格丽特还能意识到周围所发生的一切,她的肉体、精神和心灵上都在忍受痛苦。大滴眼泪流到面颊,而面颊瘦成了皮包骨,没有一点儿血色,您深爱过的女人,如果还能见到,您肯定认不出她那张脸了。她不能再提笔写字的时候,就求我答应为您写下去,我在她面前记录这些情况。她的眼睛冲着我这边,但是看不见我了,目光已被临近的死亡蒙蔽了。不过,她在微笑,她的全部思念和整个灵魂,我确信都是属于您的。

每当有人开门,她的眼睛都亮起来,总以为是您要进屋;继而,她知道不是您的时候,那张脸又恢复痛苦的表情,而且被冷汗浸湿,面颊也变成紫红色。

二月十九日午夜

今天真是个悲伤的日子啊,可怜的阿尔芒先生。今天早晨,玛格丽特感到窒息,医生给她放了血,她才又能稍微发出声音。医生劝她请一位神甫来,她表示同意。于是,医生亲自去圣罗克教堂请一名神甫。

去请人这工夫,玛格丽特把我叫到床边,求我打开她的大衣柜,指给我看一顶无檐软帽、一件镶满花边的长衬衫,声音微弱地对我说:

"我忏悔之后就要死了,到那时,这些衣帽你就给我穿戴上:人死了也要打扮得漂亮些。"

接着,她拥抱我,哭着补充说:

"我还能说话,但是一说话就憋得要命;我感到窒息!需要空气!"

我失声痛哭,去打开窗户。过了一会儿,神甫来了。

我迎上前去。

他一明白到了什么人的家时,似乎有些担心不受欢迎。

"您就大胆进来吧,神甫。"我对他说道。

他进病房只停留片刻时间,出来时对我说道:

"她生如罪人,但是临终成为基督徒。"

又过了一会儿,神甫回来了,陪同前来的有一位手持耶稣受难像的唱诗班儿童，以及走在前边摇铃、宣告上帝降临垂死女人家的圣器室管理员。

他们三人走进卧室：这间屋从前回荡过多少怪诞的话语，此刻完全成为一座圣坛。

我双膝跪下。我不知道这个场面给我造成的印象会持续多久，但是我相信直到此刻之前，不会有什么事能引起我如此强烈的反应。

神甫给临终之人的双脚、双手和额头涂上圣油，同时背诵着一小段祈祷文；这时，玛格丽特准备升天了，假如上帝看到她一生的磨难和临终的圣洁，她就肯定能够进入天堂。

从做临终圣事起，她就没讲一句话，也没有动一动。如果不是听见她吃力的呼吸，不知有多少回我以为她死了。

二月二十日下午五时

一切都完结了。

半夜两点钟左右，玛格丽特进入弥留状态。从她发出的叫喊声可以断定，临终的人从未受过这么大的痛苦，有两三次，她直挺挺从床上站起来，仿佛还要抓住她那升天的生命。

还有两三次，她说出您的名字，随后就沉默了，重又倒在床上，精疲力竭了。她眼里默默流下泪水，她人已死去。

这时，我走到她跟前，呼叫她，看看她没有应答，我就给她合上眼睛，吻了吻她的额头。

可怜的、亲爱的玛格丽特，我多希望自己是个圣洁的女子，以便这一吻把你推荐给上帝。

然后，我遵照她的嘱咐，给她穿好衣服，又去圣罗克教堂找一位神甫。我为她点燃两支蜡烛，在教堂里为她祈祷了两个小时。

我把她的一点儿钱施舍给了穷人。

我不大懂宗教的事，但是我想，仁慈的上帝会确认我的眼泪是真心的，我的祈祷是虔诚的，我的施舍是真诚的，上帝会可怜她的：那么美丽的姑娘，年轻轻就死了，身边只有我一个人，给她合上眼睛，为她穿好寿衣。

二月二十二日

今天举行葬礼。玛格丽特的许多女友来到教堂。有几个人流下真诚的眼泪。灵车驶上蒙马特尔公墓的路,送殡队伍中只有两个男人跟在后面:一个是特意从伦敦赶回来的德·G伯爵,另一个是由两个跟班搀扶的公爵。

所有这些详细情况,我是回到她家里,流着眼泪给您写下的。面前的灯光凄凉,身边的晚餐我没有碰,这您想象得出来;纳妮娜让人给我做了晚饭,因为,我超过二十四小时没有吃东西了。

我的生活不可能长久地保留这些伤心的印象,因为,正如玛格丽特的生活并不属于她一样,我的生活也不属于我本人。这就是为什么,我当场为您记录下来所有这些情况,只怕您又过好久才回来,我再向您讲述时,就不能准确地传达凄惨的情状了。

第二十七章

"您看完了吧?"我读完这手稿时,阿尔芒问道。

"我所看的这些,如果全是真实的,那么,我的朋友,我理解您一定很痛心。"

"我父亲在一封信里,证实了这些情况。"

我们又谈了一会儿,感叹这个去世不久的女子的悲惨命运。然后,我回到家中略事休息。

阿尔芒一直很伤心,不过,他讲述了这段经历之后,心情稍微轻松了一点儿,身体也很快恢复健康。我们一起去拜访普吕当丝和朱丽·杜普拉。

普吕当丝刚刚破了产。她对我们说,这是玛格丽特连累的。玛格丽特生病期间,向她借了很多钱,给了她兑不了现的票据,人死了也没有还上,当初也没有给她开借据,因此她连债权人都算不上。

杜韦尔努瓦太太到处散布这套鬼话,为她生意经营不善开脱,到底从阿尔芒的手里弄去一千法郎。阿尔芒并不相信她那套鬼话,但是有意装出相信的样子,只因他敬重所有那些曾经接近过他情妇的人。

接下来,我们又去朱丽·杜普拉家。她向我们讲述了她亲眼所见的悲惨事件,她回忆女友,不禁洒下由衷的眼泪。

最后,我们又去给玛格丽特扫墓。四月初晴的阳光,催发了坟墓上方树木的新叶。

阿尔芒只剩最后一项义务要履行了,那就是回到父亲身边。他还是希望一路由我陪同。

我们到达 C 城,我看见杜瓦尔先生,正是我根据他儿子的描绘所想象的样子:高个头儿,气度不凡,但又善气迎人。

他眼含幸福的泪水迎接阿尔芒,热情地同我握手。我很快就看出,在这位税务官的身上,父爱超出了所有别的情感。

女儿名叫布朗什,她的眼睛清澈,目光澄莹,那张嘴显得很娴静,这些特点都表明,她心灵萌生的唯有圣洁的思想,她口中讲出的也只有虔诚的话语。她见哥哥回家,就笑容满面,这位贞洁的少女哪里知道,远方的一名青楼女子仅仅碍于她的姓氏,就牺牲了自己的幸福。

我在这幸福的家庭住了一段时间:全家人对这个怀着康复的心灵归来的人,都关怀备至。

我回到巴黎,将我听到的这个故事原原本本写下来。这个故事好就好在真实,尽管也许会有人提出异议。

我并不想从这个故事中得出这样的结论:所有像玛格丽特的姑娘,都能做到她那样的行为,事实远非如此。但是我了解到,她们当中有一位在她的一生中,经历了一场认真的爱情,并为此受尽磨难,乃至殉情。我听到了这个故事,便讲给读者听。这是一种职责。

我不是在这里宣扬恶罪,但是无论在什么地方,只要听见高尚的不幸者在祈祷,我就要传播这种声音。

我再说一遍,玛格丽特的故事是个例外。如果这是普遍现象,那就没有必要写出来了。

根据法国伽利玛出版社
一九七四年版本译出

图书在版编目(CIP)数据

茶花女／(法)小仲马(Dumas,A.)著；李玉民译.
－北京：北京燕山出版社,2005.9(2019.3 重印)
ISBN 978-7-5402-0678-9

Ⅰ.茶…　Ⅱ.①小…②李…　Ⅲ.长篇小说-法国-近代
Ⅳ.I565.44

中国版本图书馆 CIP 数据核字(2005)第 108763 号

茶花女

[法]小仲马 著
李玉民 译
责任编辑／王　然　张　芸
装帧设计／小　贾　张　佳
插图／杨　蕤

北京燕山出版社出版发行
北京市丰台区东铁营苇子坑路 138 号嘉城商务中心 C 座　邮编 100079
全国新华书店经销
三河市北燕印装有限公司印刷

开本 915×1220　1/32　印张 6　字数 178,000
2013 年 8 月第 4 版　2019 年 3 月第 10 次印刷

定价:18.00 元

版权所有　盗版必究